C H V

Julien Green
Der andere Schlaf

Roman

Aus dem Französischen
von Peter Handke

Carl Hanser Verlag

Titel der Originalausgabe:
L'Autre Sommeil, Paris 1931

ISBN 3-446-15069-2

Satz: Utesch Satztechnik GmbH, Hamburg
Druck und Bindung: May + Co, Darmstadt
Printed in Germany

Wer weiß, ob jene Hälfte des Lebens,
da wir zu wachen glauben,
nicht ein anderer Schlaf ist,
ein wenig verschieden von dem einen,
aus dem wir erwachen,
wenn wir zu schlafen glauben?

PASCAL

Nie überquere ich den Pont d'Iéna, ohne mich für einen Augenblick an das Geländer zu lehnen. War es hier oder weiter weg? Mir scheint, es war etwa in der Mitte der Brücke, auf der Seite von Saint-Cloud. Mein Cousin packte mich unter den Armen und hob mich unversehens auf die Steinbrüstung. Ich stand da, vor Schreck stockte mir der Atem, ich schloß die Augen, und meine Hände verkrampften sich. Dann traf mich Claudes Stimme, ein wenig schroffer als sonst: »Siehst du die Schwaneninsel? Siehst du Grenelle?« Der Wind trug meine Antwort davon oder verschloß mir überhaupt die Lippen. Ich hatte Angst. Die Hände meines Cousins umgriffen meine Knöchel zu fest, und ich spürte, wie sie zitterten.

Wenn ich die Augen wieder öffnete, befiel mich ein leichter Schwindel. Der Himmel über mir zog von rechts nach links, und die Riesenplatanen, die den Fluß säumen, bebten, bogen sich, richteten sich in der Sonne neu auf. Majestätisch flossen die schmutzigen Fluten der Seine. Unten am Hafen blieben Spaziergänger stehen, ohne Augen für mich Verängstigten, betrachteten das Wasser und schlurften weiter. Momentlang verschwanden sie hinter einem Sand- oder Ziegelhaufen, dann tauchten sie wieder auf, aber sie erschienen so klein, daß mein Herz sich zusammenzog und ich den Blick abwenden mußte. In einer Art Taumel verschwamm das Bild vor meinen Augen, und ich sah nichts mehr, weder die Schwaneninsel, noch Grenelle, noch die Vagabunden im Hafen – einzig, verloren im Himmel, welchen sie mit ihren Strahlen erfüllten, die weiße Nacktheit der das Flußbild bestimmenden Statuen.

Ich weiß nicht, ob Claude dieses Spiel gefiel. Wenn ich darüber nachdenke, dann glaube ich, daß seine Angst ebenso groß war wie die meine; denn oft, wenn er mich absetzte, bemerkte ich in seinem Gesicht eine große Blässe, und, wie gesagt, seine Hände zitterten. Doch es schien für ihn eine seltsame Ehrensache, mich bei jedem Überqueren der Brücke hoch über die Fluten zu hieven und mich so einem schrecklichen Sturz auszusetzen. Aus Eitelkeit nahm ich diese Marter auf mich. Ich wollte nicht, daß er mich für feig hielte. Er war fünf Jahre älter als ich, der erst Achtjährige, und um seine Achtung nicht zu verlieren, hätte ich ohne Murren noch viel härteren Prüfungen zugestimmt.

Er redete fast nie mit mir; nur wenn wir über die Brücke gingen, fiel seine übliche Ruhe von ihm ab, und er sagte mit einer gewissen Fiebrigkeit, in der seine Augen aufglänzten: »Soll ich dich wieder da hinaufstellen, und du sagst mir, was du siehst?« Und so begann das gefährliche Kunststück unter den Augen der Spaziergänger, welche, wie alle Spaziergänger der Welt, solchen Vorstufen eines möglichen Dramas mit einer animalischen Gelassenheit beiwohnten.

Ich verriet niemandem auch nur ein Sterbenswörtchen von unseren Abenteuern auf dem Pont d'Iéna. Ein Blick Claudes, hinter dem Rücken meiner Mutter, während sie mich ausfragte, hatte genügt, mir vollständiges Stillschweigen über die Einzelheiten meines Nachmittags aufzuerlegen. Außerdem fiel es mir leicht, nicht davon zu sprechen; ja, es gefiel mir sogar, mich als der Hüter eines neuen Geheimnisses zu wissen. Ein unwiderstehlicher Instinkt trieb mich, Schranken zwischen mich und die Meinen zu legen. Eine jede List war mir recht, meine Eltern im ungewissen zu lassen, unter der Bedingung freilich, daß ich nicht zu lügen brauchte. Hätte man mich gefragt: »Bist du auf die Brüstung des Pont d'Iéna gestiegen?«, hätte ich mit einem »Ja« geantwortet – doch mit einer solch ausgefallenen Frage war nicht zu rechnen. Da ich es zudem mit einer zerstreuten Mutter zu tun hatte und mit einem Vater, welchen mein Tageslauf kaum interessierte, war es nicht schwer, ein allzu genaues Verhör zu vermeiden. Meine Finte bestand darin, daß ich noch und noch von Kleinigkeiten redete, die mir auf der Straße aufgefallen waren, und daß ich weit mehr von ihnen erzählte, als von mir verlangt wurde. Mein Vater wurde dieses Geschwätzes schnell müde und hieß mich schweigen, lang bevor der Pont d'Iéna überhaupt an die Reihe gekommen wäre. So beruhigte ich mein Gewissen, das mir doch über die Maßen zusetzte, und meine Eltern – mit der Unschuld der Erwachsenen – schickten mich schlafen oder spielen, ohne sich weiter um mich zu kümmern.

Wir bewohnten damals im unteren Teil der Rue de Passy ein altes Haus, von dem aus man schon die ersten Bäume des Bois de Boulogne sah. Meiner Erinnerung nach war seine Fassade unverputzt, und auf dem grauen Stein sah man die schwarzen Schrammen von den Fensterläden. In naher Zukunft würde es von allein zusammenstürzen – wenn nicht ein Abbruchunternehmer einspringt. Dann werden aus dem Krach des niederbrechenden Mauerwerks vielleicht Schreie laut werden, ähnlich wie der Sage nach aus den aufgelassenen Bastille-Türmen.

Das Zimmer meiner Mutter ging auf einen nicht sehr gepflegten Garten. Eine alte Platane überdachte mit ihren Ästen einen Rasen, den sie mit ihren großen Blättern bedeckte, ohne daß es jemandem einfiel, sie zu entfernen. Seit vielen Jahren faulten sie im Gras, und an den Regentagen gegen Mitte Oktober stieg durch das halbgeöffnete Fenster ein trauriger und zarter Geruch zu mir herauf und ließ mich träumerisch werden. Ich hielt inne in meinen Spielen und atmete diesen Hauch des Todes ein. Jäh wandte ich mich von meiner Eisenbahn und meinen Soldaten ab, und die tiefe Stille, bisher unbemerkt, drückte mir aufs Herz.

Noch heute vernehme ich, sooft ich durch gewisse Straßen gehe, ein- oder zweimal im Jahr, wenn die Luft frisch ist, erfüllt von jener jungfräulichen Brise, welche man spürt beim Nahen des Herbstes, den Ruf meiner Kinderzeit. Alles andere weicht zurück und verschwindet in der Nacht des Bewußtseins; nichts mehr als jene ununterscheidbaren Stimmen, die allein ich hören kann. Ach, daß man diese Minute nicht zurückholen kann, als das Herz so stark schlug, als der traumschwere Kopf sich über ein Bild in einem Buch beugte und man die Seite nicht zu wenden wagte, aus Angst, die wunderbare Unbewegtheit der Dinge im Umkreis zu stören! Auf dem Boden lagernd, zwischen der Tür und dem Kamin, hielt ich manchmal den Atem an und regte mich nicht, gebannt von jener Stille, zu der ich meinen Teil beitrug, und von der Dämmerung, die sich im Zimmer verstärkte. Gegen Ende eines schönen Ferientages, an einem einsamen Donnerstag, der schon voller Trauer und Erinnerungen war, begriff ich nicht, wie es Abend wurde. Vergebens vertiefte ich mich in den Anblick der weißen Tür, auf welche die letzten Lichtstrahlen trafen: es kam ein Moment, da ich sie fast nicht mehr sah, und dann gar nicht mehr, aber der Übergang war unmerklich. Ich konnte nicht einmal mehr meine Hände erkennen. Danach wurde das Fenster vollkommen schwarz, und hinter den Tüllvorhängen glänzten die Sterne auf. Da fing ich zu singen an – eher ein Murmeln, mit einer leicht beunruhigten Stimme, und plötzlich brach, mit der Nacht, das Grauen über mich herein, und ich sprang auf und stürzte aus jenem Zimmer.

Solche Erlebnisse waren häufig. Tagtäglich erfuhr ich, was die Angst ist: sie beherrschte meine frühen Jahre, und ohne Zweifel ist es die Bekanntschaft mit ihr, aus der meine Neigung zu beherzten Menschen kommt.

Niemand setzte meiner Ängstlichkeit heftiger zu als Claude. Seine grausamen Vergnügungen haben mich geformt, und hätte ich damals weniger gezittert, so wäre ich heute weniger gefestigt. Ich sah ihn nicht oft. Jeden zweiten Sonntag ging er mit mir aus, weil meine Mutter ihn darum bat, doch ich bezweifle, daß ihm das Spaß machte. Vielleicht haßte er mich wegen der Beschränkungen, die meine Gegenwart seinen Streifzügen auferlegte. War es ein

Racheakt, mich auf die Brückenbrüstung zu heben? Aber so sehr ich auch nachdenke, ich kann mich nicht entsinnen, daß er mich einmal angefahren oder böse angeschaut hätte.

Meine Eltern mochten ihn nicht sehr. Vor allem mein Vater mißtraute ihm. Immer wieder hörte ich ihn sagen: »In den meisten von uns ist eine Mischung von Gut und Böse; bei ihm neigt alles zum Bösen hin.« Diese Worte erstaunten mich und brachten mich meinem Cousin in demselben Maß näher, wie sie mich von meinem Vater entfernten. Was für mich zählte, war nicht, daß Claude ganz und gar zum Bösen neigte, sondern daß er sich von uns allen unterschied. Jene Verdammung verstand ich als eine Auszeichnung: abgesondert von der gewöhnlichen Menschheit, bekam er in meinen naiven Augen den zauberhaften Nimbus eines Verbannten.

Ich weiß nicht mehr, welche Klasse er damals gerade wiederholte. Wo auch immer er war, ob in der fünften oder vierten, er überragte seine Mitschüler an Kopf und Schultern, nicht weil er schneller gewachsen, sondern weil er immer der älteste war. Mit seinem Jünglingskörper saß er über die Kinderpulte gebeugt, die ihn gleichsam zweiteilten. Gerüchtweise erfuhren wir von seinem schlimmen Ruf im Lyzeum. Er war die Sorge, die Angst, die Peinlichkeit seiner Professoren. Sein unbeweglicher Blick ließ die Rügen auf ihren Lippen erstarren. Mehrmals war die Rede davon, ihn von der Schule zu weisen, doch zu einer solchen Maßnahme hätte es eines Motivs bedurft, und aus seinem Benehmen war keines zu gewinnen. Keine Frechheit, nicht die kleinste Anstiftung zur Unordnung. Er saß hinten in der Bank der Taugenichtse und führte vor einem hilflosen Lehrer und einer Klasse von fünfunddreißig Schülern das Schauspiel der triumphalen Faulheit auf. Wettern und Drohungen gingen ins Leere; Ironie und spitze Bemerkungen prallten an dem unbeugsamen Rebellenschädel ab.

Die Ängstlichkeit, an welcher ich litt, wiederholte sich bei meinem Vater: er fand den Ton nicht, Claude zurechtzuweisen; es war schon ein Fehler, die Szene vorzubereiten, im stillen die immergleichen Drohworte und Beschimpfungen auszuprobieren; denn wenn der Schuldige dann erschien, hatte der Zorn sich seit langem verbraucht, und es blieb nichts übrig als ein kaltes Geleier, bei dem meinem Vater die Scham im Gesicht geschrieben stand. Mein Cousin lauschte diesen Worten mit allem Ausdruck der Ehrerbietung, zeigte dabei höchstens ein ganz leichtes Lächeln, welches ihm sozusagen als ein Glanz von Heiterkeit in die Augen stieg. Eine derartige Herausforderung hätte einen stolzeren und entschlosseneren Mann zur Raserei gebracht. Bei meinem Vater aber, der nicht so war, ging die Eitelkeit über den Mut. Außerstande, einem Widersacher eine energische Antwort zu erteilen, scheute er heftige Ausbrüche und tat, als sehe und höre er nicht, wenn Sehen und Hören einer Ohrfeige gleichgekommen wären. Nach seiner Standpauke verließ er jäh den Raum und überließ sich für den Rest des Tages einem langwierigen Geschmolle. Nur ein einziges Mal erkühnte er sich, ein Trimesterzeugnis, das allein aus Nullen bestand, zusammenzuknüllen und seinem Neffen vor die Füße zu werfen; zwar ließ nichts an der Haltung Claudes erkennen, er habe diese Geste überhaupt bemerkt, doch sowie wir wieder allein waren, stieß er mit der Schuhspitze das Papierknäuel in meine Richtung und hob die Schultern mit einem nicht wiederzugebenden Ausdruck der Verachtung. Ich schwieg still. Im Flur entfernte sich mein Vater im Eilschritt. Solche Szenen verstörten mich. Ein seltsamer Zorn hatte mich befallen, als ich die Vorwürfe gegen meinen Cousin anhörte, und ich glaube, wäre ich nur dazu in der Lage gewesen, so hätte ich mich an jenem Tag vor dem Eintritt des Vaters zurückgezogen.

Claude beobachtete mich kurz. Ich hörte, wie er Schlüssel und Münzen auf dem Grund seiner Taschen mischte, und senkte den Kopf unter seinem spöttischen Blick; dann hob er von neuem die Schultern, setzte zu sprechen an, überlegte es sich und ging hinaus. Er war groß, robust, immer ein bißchen zerzaust. Er hatte lange auf dem Land gelebt und eine bäuerliche Art beibehalten. Seine morgens unordentlich gebundene Krawatte war schon kurz darauf verschwunden und lag für den Rest des Tages in einer Lade oder unter einem Bett. An seinem Hemd fehlten ein paar Knöpfe. Seine einzige Eitelkeit bestand in der Unordnung, und so fuhr er mit den Fingern durch seine Haare, um sie ungekämmt erscheinen zu lassen, ging mit offenem Kragen. Dieser Aufzug mißfiel nur halb, denn er entsprach spürbar seiner Natur; Gepflegtheit hätte nicht zu ihm gepaßt. Selbst mein Vater, erfüllt von abergläubischen Vorstellungen, was eine korrekte Bekleidung betraf, erwies sich in diesem Fall als nachgiebig, wenn auch, wie üblich, mit einem Murren. Ich für meinen Teil hatte den Eindruck, daß Claude in den Straßen einer großen Stadt nicht an seinem Platz war und ebensowenig in dem Zimmer einer Wohnung. Seine gebräunten Wangen ließen mein von der Pariser Luft angegriffenes Gesicht bleich erscheinen. Wenn ich seine grauen, von Blau durchwirkten Augen betrachtete, glaubte ich die Bäume und die Bäche zu erblicken, mit denen er vertraut gewesen war. Mit ihm drang etwas Ländliches in mein Zimmer; etwas Frisches, ein Geruch von Erde und Gras wehte aus den Falten seiner Kleidung, so als habe er gerade noch die Wiesen und die Wälder durchstreift. Alles an diesem Menschen wehrte sich gegen die Erziehung, die man ihm zukommen lassen wollte. Man konnte ihn auch nicht demütigen, wenn man seine Umgangsformen verlachte, seine Unwissenheit oder seinen Akzent, in welchem noch die bäuerliche Aussprache anklang. Ein hochmütiges Schweigen war die Antwort auf die Witzeleien der Spötter. In seiner Abwesenheit sagte mein Vater einmal von ihm, es wäre eine Peitsche nötig gewesen, um ihm ein Wort zu entreißen, doch die Vorstellung, gegen Claude tätlich zu werden, erschien sonderbar und empörte mich.

Meine Eltern hatten ihn, das Waisenkind, bei sich aufgenommen, doch anstatt ihnen dankbar zu sein, trug er ihnen im Gegenteil ihre Wohltätigkeit nach. Die Frage, ob er nun gut oder schlecht war, läßt mich eher gleichgültig – ich habe nur immer gedacht, daß er denen gegenüber weniger kalt, verbindlicher war, die von ihm keine Dankbarkeit zu fordern hatten. Die Schuld, an die man, ohne es zu wollen, ihn erinnerte, belastete und verdüsterte seine Jugend. Meine Mutter vor allem erdrückte ihn mit ihrer Nächstenliebe. Sie war gut, wie andere schön sind, in einer schneidenden und aggressiven Weise. Die Nachricht eines auch nur winzigen Mißgeschicks entlockte ihr Seufzer, welche einer Mord-erzählung alle Ehre gemacht hätten. An jeden beliebigen verschwendete sie ihre Tränen, vorausgesetzt, er hatte von großen Problemen zu berichten. So wenig wahrhaftige Zuneigung sie auch für Claude spürte – sie bewunderte ihren Neffen doch, weil er so jung ohne Vater und Mutter war. In diesem mürrischen Schüler hätschelte sie das Waisenkind. Sie hegte in ihm die Erinnerung an seine Toten, wies ihn hin auf ihre Abwesenheit und die Unmöglichkeit, sie jemals wiederzusehen. Mit dem Schwung brutalen Mitleids öffnete sie deren Grab, weinte sich aus am Haarschopf des ungeliebten Claude und nahm inständig teil an einem Schmerz, welchen es wohl nur in ihrer Vorstellung gab. Ihre Verliebtheit in das Unglück begnügte sich aber nicht mit bloßen Seufzern. Sie verwöhnte meinen Cousin auch mit Taten. Drei, vier Francs Taschengeld, donnerstags in die braune Hand des Knaben geschoben, Brioches, die sie ihm am Morgen zum Frühstück brachte, waren ihr sowohl Vorwand zum Erschauern als auch, die Gespenster zu wecken. »Wenn ich daran denke«, sagte sie, »daß ich meinen Vater hatte, bis ich zweiundvierzig war, und das Trauerjahr für meine Mutter noch gar nicht vorbei ist ... Ja, am nächsten Samstag werden es elf Monate, daß ich sie auf den Père-Lachaise geleitet habe.

O Jammer! In der Allee, die von der Avenue Carette abzweigt zum Grab, mußte dein Onkel mir das Riechsalz reichen. Warum ißt du denn nicht? Nicht wahr, mein armes Kind, dir fehlen sie auch?«

Sooft mein Vater Claude rüffeln wollte, stellte sie sich mit gefalteten Händen dazwischen, bereit, ihre Stimme zu erheben. Alsbald verließ dann ihr Mann das Zimmer – mir scheint, sein Leben lang mußte er auf diese Weise ein Zimmer verlassen, um in einem andern Zuflucht zu suchen –, und mehr als eine Auseinandersetzung wurde derart abgewendet, ohne daß Claude meiner Mutter im mindesten dankbar gewesen wäre. Er verachtete diesen Schutz, diese vor ihm ausgebreiteten Arme, die ihn decken und die Schläge abwehren sollten. Immer wieder sah ich ihn mit einem Ausdruck des Grauens jenes Gesicht betrachten, welches ihm zugewendet war, ein schweres Gesicht mit einer vergilbten Haut, von den Falten gleichsam nach unten gezogen.

So verlief das Leben bei uns, weder besser noch schlimmer als in tausend Bürgerfamilien. Mein Vater übte seinen Arztberuf ohne großen Erfolg aus. Oft hörte ich seine Klagen über die Untreue der Kundschaft; der berufsübliche Dünkel fehlte ihm nämlich. Mit ein wenig mehr Selbstgefälligkeit hätte er seinen Patienten wahrscheinlich Vertrauen eingeflößt – aber er ging nicht gut mit ihnen um, redete zu leise mit ihnen, geradezu unterwürfig, und konnte seine Skepsis nicht verbergen. »Die Macht der Medizin ist so begrenzt«, pflegte er uns mit einem bitteren Lächeln zu sagen. »Manchmal gelingt es uns, einen Schnupfen zu heilen oder einen Kopfschmerz, eine Magenverstimmung ... Bei so vielen Dingen sind wir hilflos. Wir können gerade den Leiden einen Namen geben, aber wir sind unfähig, sie aufzuhalten.«

Schmal und kleinwüchsig, trug er, nach der Mode in seiner Jugend, einen Vollbart. Seine Gesichtsfarbe zeugte von einem ungesunden Leben, das er im hintersten Winkel des Büros zubrachte, wo er Zuflucht suchte vor der bedrückenden Wirklichkeit: den Tränen seiner Frau, den überfälligen Schulden, den Lageberichten des Schuldirektors. Jenes Vergessen, welches andere sich durch Ausschweifungen beschaffen, suchte er im Lernen. Die Historiker des vergangenen Jahrhunderts waren seine bevorzugte Lektüre, und ich sah, wie er sich in die Erzählungen versunkener Epochen vertiefte, als hoffe er, sich im Zeitennebel zu verlieren. Ohne Hoffnung, was seine Zukunft betraf, betrauerte er, wie ich glaube, seine verfehlte Karriere. Das Gefühl eines unwiderruflichen Scheiterns lastete auf ihm und ging nach und nach auch auf meine Mutter und mich über. Sie erstarrte mehr und mehr unter dem Anhauch der sich im Haus ausbreitenden Traurigkeit. Gleichwohl entsprach diese Melancholie so sehr ihrer Natur, daß sie daraus einen fast sinnlichen Genuß zog. Die verhärtete und enttäuschte Miene ihres Mannes machte ihr einen bloßen Theaterkummer: sie seufzte und ließ die Schultern hängen in der Haltung eines Märtyrers, doch hinter den Tränen, welche sie kaum zurückhielt, leuchteten ihre Augen in einer lebhaften inneren Genugtuung. Solche Scheintrauer setzte mir zu und verschlug mir die Sprache. Ich und eine glückliche Kindheit? Ich hatte Angst vor meinem Vater mit seinen Anfällen von Ungeduld, seinen Ausbrüchen, seiner heiseren, gebrochenen Stimme eines Verlierers. Meiner Mutter gegenüber empfand ich nichts als Kälte. Da ich das Glück hatte, keine Waise zu sein, war ich in ihren Augen wenig interessant, und sie hob ihr Geschnurr für den Neffen auf. Die meiste Zeit war ich allein und fand allmählich auch Gefallen daran.

Einmal in der Woche, am Sonntag, kam der Bruder meines Vaters zum Abendessen. Hätte ich ein besseres Gedächtnis, beschriebe ich meinen Onkel Emile mit Freuden. Zwar könnte ich ohne weiteres seine kurze, ein wenig stumpfe Nase nachzeichnen und seine Augen von einem geradezu flüssigen Schwarz (ja, ein Schwarz, das unter den Lidern zu verrinnen und das Weiße zu überdecken schien), ebenso den weichlichen Mund, die unter den Bartstoppeln etwas zu fülligen Wangen – an das alles erinnere ich mich–, und doch bleibt dieses Gesicht blind, mit anderen Worten, ich kann es in seiner Sanftheit nicht ausdrücken. Wenn er lachte, zeigten sich in seinen Mundwinkeln zwei Falten, und diese Falten machten mir Lust, mit ihm zu sprechen, in seiner Nähe zu bleiben. Was ein Gesicht gütig, menschlich macht – ich fand es in jenen kleinen, symmetrischen Linien. Sein wahres Lachen hatte man in seinen Augen zu suchen, wo sich verläßlich ein Pünktchen Belustigung zeigte; doch jene Lippenbewegung, jene so tiefen und so rasch wieder verschwindenden Falten sagten mir: »Hab Vertrauen. Es gibt zwei oder drei Dinge auf Erden, die gut sind.«

Sein Frohsinn weckte den Argwohn meiner Mutter. Jede Heiterkeit war ihr verdächtig; sie unterstellte meinem Onkel zweifelhafte Abenteuer und glaubte, daß Leute mit einem schlechten Lebenswandel auf ihn jene verächtliche Fröhlichkeit am Sonntagnachmittag übertragen hätten. »Gott weiß, wo er sich herumgetrieben hat, bevor er hierhergekommen ist«, sagte sie zu meinem Vater, nachdem er gegangen war. »Hast du gemerkt, daß er nach Schnaps roch?« Und mit einer durch den Zorn noch tonloseren Stimme fügte sie hinzu: »Er ist so vulgär.

Ich verstehe nicht, wie du zulassen kannst, daß er vor den Kindern solche Späße macht. Seine Anspielungen sind manchmal wirklich absonderlich. Dein Sohn ist natürlich zu jung, sie zu verstehen, aber Claude wird bald fünfzehn. Hoffentlich hast du bemerkt, wie Emile ihm zugezwinkert hat, als er von dieser Schauspielerin sprach. Er kennt keine Scham mehr. Ich frage mich, was deine Schwester sagen würde, wenn sie von den Ungeheuerlichkeiten wüßte, die ihr Sohn heute abend zu hören bekommen hat.«

Ich gäbe viel darum, mich an jene Ungeheuerlichkeiten zu erinnern, aber wie meine Mutter sagte: ich war zu jung, sie zu verstehen. Manchmal kräuselte während der Sonntagabend-Gespräche ein undeutbares Lächeln Claudes Lippen, und all meine Unschuld hinderte mich nicht daran, eine gewisse Komplizenschaft zwischen meinem Onkel und ihm wahrzunehmen. Vielleicht spielte Claude dabei nur mit, um den Argwohn meiner Mutter zu wecken und sie leiden zu lassen; denn er machte dabei ein durchtriebenes Gesicht, wie einer, dem kein Trick fremd ist.

Wenn ich über jene Zeit nachdenke, so ist mir, als sei das Dasein jener Menschen, von denen ich gerade sprach, lange Zeit gleichsam geschlagen gewesen von Unbeweglichkeit. Sicherlich zeigte sich das

Vergehen der Zeit an ihren Gesichtszügen, ihren Worten, sogar an ihren Gebärden. Ich bemerkte an meinen Eltern kleine, mir bis dahin unbekannt gebliebene Gewohnheiten. Wenn meine Mutter etwas auf einen Tisch stellte, mußte sie es noch einmal berühren und es mehrmals hin und her schieben, bevor sie es ließ, wo es war. Dieser Tick brachte mich heftig gegen sie auf. Gern war ich bereit, ihr die ewige Drohung mit den Tränen nachzusehen, damit hatte ich mich abgefunden, aber ich konnte ihre Gewohnheit nicht ertragen, die Tasse, die sie eben vor mich hingestellt hatte, auf der Untertasse um und um zu drehen. Oft verwechselte sie auch die Worte oder verlor sich in ihren Begräbnisgeschichten, erinnerte sich nicht mehr an den Namen der Kirche, wohin man zwei Stunden zuvor vor ihren Augen den Sarg einer alten Freundin geschafft hatte. Ebenso geschah es nicht selten, daß sie mich mit den Namen eines meiner frühverstorbenen Brüder anredete. Ich haßte derartige Achtlosigkeiten. Jener Name, welcher nur noch irgendwelche Knochen bezeichnete, fiel über mich gleich einem Leichentuch, ohne daß die arme Frau freilich etwas davon mitbekam; sie wunderte sich höchstens über meine kummervolle Miene und mein Schweigen, in das ich mich einschloß, nach dem Beispiel Claudes. »Du liebst deine Mutter nicht«, sagte sie. Indem sie das oft genug wiederholte, überzeugte sie mich zuletzt: der Ausspruch fiel auf fruchtbaren Grund und begann zu sprießen.

Mein Vater dagegen alterte auf andere Weise. Seine Fähigkeiten schienen ungeschwächt; mit anderen Worten, wenn er noch unter seine natürliche Mittelmäßigkeit absank, so merkte man ihm nach außen hin nichts davon an. Sein Gedächtnis ließ ihn nicht im Stich. Mit seinen Geschichtslektüren ging er so zärtlich um wie mit einem Schatz. Von Zeit zu Zeit murmelte er konsonantengespickte merowingische Namen, mit der achtsamen Miene eines Geizhalses, welcher einen Zipfel von einem Geldschein sehen läßt, doch ich hatte den Eindruck, daß er jedesmal unter uns trat wie der Emigrant von einem anderen Planeten. Eine Art Nebel umgab ihn. Sein gegenwärtiges und vergangenes Leben blieb im Verborgenen. Später erriet ich, daß er wohl gelitten hatte; vor allem seine Augen sprachen von entsetzlichen Enttäuschungen, sein Blick war der müde Blick eines Geschlagenen. Ich aber – darin vergleichbar der Mehrzahl der Söhne – wußte nicht, was in seinem Herzen vorging: es war jene Nacktheit, welche die Söhne nicht sehen dürfen.

An einem Juliabend spürte ich im Einschlafen, wie seine Hand sich auf mein Haar und auf meine Stirn legte. »Hab keine Angst«, sagte er. »Ich bin gekommen, um mit dir zu reden.« Er nahm einen Stuhl und tappte im Dunkeln an mein Bett. Ich hörte, wie er mit der gewohnt nervösen Geste die Manschetten aufkrempelte. »In ein paar Tagen wirst du mit deiner Mutter und deinem Cousin nach Chanteloup gehen. Ich werde euch nicht begleiten.« Er sagte das mit erstickender Stimme und brach ab, als habe man ihn bei einer Schändlichkeit ertappt. »Also«, fing er dann wieder an: »Du bist ein großer Junge, bald zehn Jahre alt. Ich kann deshalb ernsthaft mit dir reden. Du denkst wahrscheinlich oft, daß ich mich nicht genug um dich kümmere. Es ist wahr, ich bin nicht sehr nett oder, besser gesagt, nicht sehr liebevoll.« Er schnaufte. Ich war ebenso verlegen über seine Ansprache wie er und blieb still. »Das ist mein Fehler«, fuhr er fort. »Ich habe in meinem Leben zu viele Sorgen gehabt. Ich wollte glücklich sein. Wenn ich nicht glücklich bin, kann ich nicht gut sein, verstehst du? Aber du, du sollst ein schönes Leben haben, und du mußt arbeiten. Ich möchte dir gute, nützliche Ratschläge geben.«

So sprach er einige Minuten lang, doch ich verstand kaum, was er mir sagte. Unversehens hatte die Angst mich ergriffen, eine unvernünftige, mir unerklärliche Angst. In der Schwüle der Sommernacht hatten die Worte meines Vaters einen befremdlichen Klang, rauh und tief wie ein Röcheln. Ab und zu näherte er sein Gesicht dem meinen, und ich roch die Brillantine in seinem Haar, einen aufdringlichen, zuckrigen Duft, welcher mir das Herz zuschnürte. Vielleicht ahnte er plötzlich den Ekel und das Grausen, das er mir einflößte, denn von einem Moment zum andern wich er zurück und erhob sich. Mein Stillschweigen beunruhigte ihn. Er stammelte etwas und blieb stehen, unentschlossen. Dann, in einer außerordentlichen Regung von Zärtlichkeit, welche mich über alles erstaunte, beugte er sich über mein Bett, berührte mit dem Mund meine Wangen, meine Arme und meine Hände, bis zum Saum des Leintuchs, unter dem ich lag.

Das Haus, in welchem wir die großen Ferien verbrachten, lag über dem Seine-Tal. Ein Vorhang aus Bäumen entzog den Fluß teilweise unseren Blicken, doch drei Minuten Fußweg genügten, eine Lichtung zu erreichen, von wo aus das Auge ohne ein Hindernis die weite Landschaft erfaßte. Jener Ort war mir vertraut. Kaum waren die Koffer ausgepackt und die Fensterläden aufgestoßen, war ich auch schon dort, und das Herz schlug mir vom raschen Laufen. Die Freude machte mich zugleich beklommen. So viel Licht: ich schloß unwillkürlich die Augen und sah es unter den Lidern immer noch. Ich streckte mich im Gras aus, als drücke der Himmel mich da hinein.

Den Kopf noch voll von dem Lärm in Passy, hatte ich das Gefühl, die Stille überrolle mich gleich einer Welle. Diese Stunde war die herrlichste des ganzen Sommers. Sie heilte mich von meiner Traurigkeit; ich vergaß die Schulprobleme, die Schwermut meines Vaters und unsere dunkle Wohnung, wo alles sich dem Grab zuzuneigen schien. Einige Wochen zuvor, als mir irgendeine Gräßlichkeit zusetzte, waren mir, allein bei dem Gedanken an die Blumen auf den Wiesen und die Rufe der Vögel inmitten der Bäume, große Tränen des Kummers über mein Rechenheft gerollt. Und jetzt fühlte ich diese Blumen unter meinen Fingern und an meinem Gesicht, und die Vögel flogen über mich hin und ließen ihre Rufe hören. Damals erfuhr ich, zu welcher Macht die reine Daseinsfreude anwachsen kann.

Unerschöpflich waren die Überraschungen für das Auge, welches von dem Ort, wo ich mich befand, dem trägen Lauf der Seine folgen wollte. Unterhalb von Chanteloup sind die weiten Kehren, die sie beschreibt, immer wieder jäh unterbrochen, als würde da der Fluß von einem Abgrund verschluckt. Doch ein bißchen weiter findet der erstaunte Blick wieder, was ein Wald vor ihm verborgen hat. So fließt er wie in Sprüngen dahin, indem er die feine und dabei immer glänzende Linie, welche ihn zu fliehen scheint, verliert und zurückgewinnt. Bezaubert versenkte ich mich in dieses Spiel. Wie ich so mit ausgebreiteten Armen dastand, rief ich von Zeit zu Zeit absichtslos hinein in den Wind, helle Schreie, welche die Jubelgesänge der Vögel nachahmten. Die Sonne, die Weite machten mich schwindlig. Ich ließ mich über den Abhang der Lichtung rollen und schrie, ich lachte grundlos. Das befreite mich von einem Übermaß an Glück.

Die Zimmer im Haus, die seit Monaten ohne Sonne gewesen, atmeten einen Modergeruch, in welchen ich vernarrt war, weil er gleichsam die Ferien und das Land verkörperte. Je mehr die frische Luft ihn vertrieb, desto mehr suchte ich ihn; einige Plüschsofas bewahrten ihn wochenlang, und ich fürchtete mich vor dem Moment, da ich mich an den Geruch gewöhnen würde.

In der ersten Nacht schlief ich nicht. Zu viele Sommererinnerungen stellten sich ein, zu viele Namen von Landstraßen und Wäldern, die mir jäh in den Sinn kamen. Zu viele Geräusche wollten wiedererkannt werden: der vergessene Ton der Pendeluhr und das endlose, triste Gebell, welches sich, nach Minuten der Stille, fortsetzte von Garten zu Garten. Mein Bett war in einen Alkoven geschoben worden, dessen Tür in Claudes Zimmer führte. Aus Angst, ihn zu wecken, blieb ich bis zur Morgendämmerung liegen, aber sowie ich die Schlepper auf der Seine und das die Kähne zählende Pfeifen hörte, entwischte ich aus meiner Nische, um einen schnellen, begierigen Blick durch die Ritzen der Fensterläden zu werfen. Wie nur die Zeit bis sieben verbringen? Die Sonne schien schon hell. Eine Amsel erging sich frech in der Gartenallee, sicher, niemand würde sie stören. Von den Oleandersträuchern tropfte der Tau, das Gras schimmerte. Das Zimmer füllte sich mit dem Duft, den Erde und Bäume mir zusandten. Da hielt ich es nicht mehr aus und versuchte die Läden zu öffnen. Ich begehrte das alles – diesen Garten, diese Blätter, dieses Leben. Eine wilde Lust ergriff mich, zu berühren, einzuatmen. Aber seit den letzten Ferien war dicker Efeu vor das Fenster gewachsen, und durch das Rütteln am Laden gelang es mir gerade, die Falten dieses schwarzen Vorhangs ein bißchen in Bewegung zu bringen.

Claude hätte wohl mit einem Faustschlag den Widerstand gebrochen. Die Dinge gehorchten ihm auf der Stelle, während sie mein Unvermögen gleichsam zu ahnen schienen.

Das dachte ich, während ich in seine Richtung blickte. Die Arme bogenförmig um den Kopf gelegt, schlief er so tief, daß er von meinem Krach nichts mitbekommen hatte. In seinem tiefen Schlaf erschien er als die Kraft in Person. Nichts, was dieses glückselige Atmen störte. Ich sah seine Züge nicht, aber eine dunklere Stelle auf seinem Gesicht bezeichnete die Stelle, wo das Blut seine braunen Wangen belebte. Ein Leintuch war um eines seiner Beine gerollt, geknickt und gefaltet wie jene Stoffe, welche die griechischen Bildhauer in Wasser tauchten, ehe sie die Glieder ihrer Modelle damit umhüllten. Das andere Bein, lang und kräftig, leuchtete aus dem Dämmerlicht, wobei sich die einzelnen Muskeln abzeichneten, und wirkte auf der Weiße des Betts beinahe schwarz.

Einige Minuten vergingen, ohne daß ich eine Bewegung machte, und aus der anfänglichen Traurigkeit wurde ein schwer beschreibliches Gefühl. Ich kann wirklich nicht sagen, wie es kam, daß meine Ungeduld und meine Unrast sich unversehens in etwas anderes verwandelten, wo auch das Vergnügen mitspielte. Es war mir angenehm, da zu sein. War es die Stille der Morgenröte, das ferne Erwachen der Stadt? Das Zimmer erschien mir nicht mehr als ein Gefängnis. Ich beschaute es mit einer unvermuteten Neugier, als sollte ich da gleich ein außerordentliches Schauspiel erleben, und plötzlich hatte ich die tiefe Empfindung, unter allen Orten, wo ich mich noch aufhalten würde, bliebe gerade dieser für immer in meinem Gedächtnis. Jahre würden vergehen, ich würde altern – doch ich würde mit den ewig gleichen Augen dieses so einfache und so geheimnisvolle Landzimmer vor mir sehen. Es kam zwar zu keinem Ereignis, oder mein Blick spürte es nicht auf, aber noch heute, sooft ich an einem Oleander vorbeigehe oder das Piepsen eines Vogels höre, glaube ich mich fast wieder dorthin versetzt; stehe vor den Fensterflügeln, die sich nicht öffnen lassen, am Fuß des Bettes, in dem ein dunkelhaariger Knabe schläft.

Mein Vater starb einige Tage später. Es war mein Onkel Emile, der uns die Nachricht brachte, eines Morgens, als wir noch nicht wach waren. Ich weiß nicht, wie er es anstellte, es meiner Mutter zu sagen, jedenfalls stieß sie einen Schrei aus, welchen ich bis in mein Zimmer hörte, und für den Rest des Tages bekam sie die Lippen nicht mehr auf. Die arme Frau war nicht geschaffen, die Last eines solchen Unglücks zu ertragen. Sie knickte zusammen. Ihre Augen gingen von einem zum andern, wie um die immergleiche Frage zu stellen. Mein Onkel mußte ihr helfen, sich anzukleiden. Ich sah sie die Treppe herunterkommen, ganz in Lila gehüllt, den Hut ein wenig schräg aufgesetzt, mit dem Ausdruck, dem Gang und den unsicheren Gesten einer Frau, die getrunken hat. Es war ihr unmöglich, etwas zu essen. Sie war aus sich selber gefallen und bewegte sich wie ein Automat. Schon seit Jahren hatte sie das Ereignis befürchtet, von dem sie gerade erfahren hatte. Deshalb hatte das Unglück sie auch so angezogen – die mit Trauerflor drapierten Kirchen. Ihr Instinkt leitete sie. Um sich an den Tod zu gewöhnen, hatte sie in seinem Schatten Zuflucht gesucht. Nun war der Tod da, höchstselbst, und sie erkannte ihn nicht.

Es wurde beschlossen, daß meine Mutter und mein Onkel allein nach Paris aufbrächen und wir übermorgen nachkämen. Die Köchin würde bei uns bleiben. Wir saßen alle im Speisezimmer. Dem Gesicht meines Onkels war unendliche Langeweile abzulesen. Von Zeit zu Zeit warf er seufzend einen Blick auf seine Uhr. Der einzig mögliche Zug ging um vier, und der Nachmittag hatte kaum begonnen, aber es drängte ihn zurück in die Stadt, seinen Bruder unter die Erde zu bringen, dem Alptraum ein Ende zu setzen. Meine Mutter war so angezogen, als warte der Wagen, der die beiden zum Bahnhof bringen sollte, schon unten am Gartenzaun. Fassungslos stierte sie auf belanglose Dinge und ließ sie nicht aus den Augen. Claude betrachtete sie stumm. Was mich betraf: mein Herz verging vor Bitterkeit. Bald verließ ich das stickige Zimmer und brach auf zur Lichtung, um dort im Alleinsein meinen Kummer auszuleben. Die verlorenen Ferien, die Wiesen, die in meiner Abwesenheit weitergrünen würden, und die Rue de Passy, die ich nun mitten im Sommer wiedersehen sollte – das alles stellte für mich ein Übermaß an Unglück dar und verstörte mich. Der Tod meines Vaters tat dabei wenig zur Sache und berührte mich nicht; er war ein Vorfall, dessen Folgen mich erzürnten, welcher für sich aber fast sinnleer blieb. Wie konnte mich etwas berühren, das vierzig Kilometer entfernt von mir geschehen war? Was war daran wirklich? Änderte sich dadurch die Farbe des Himmels oder die Hitze? Als ich das bedachte, erschien mir der Schmerz meiner Mutter auf einer Einbildung zu beruhen, und ich sah in der bestürzten Miene meines Onkels bloße Künstlichkeit. In einer dunklen Sehnsucht streckte ich mich auf dem Boden aus, mit dem Gesicht nach unten. Die Grashalme knisterten sanft, als sie sich unter meiner Wange wegbogen; in meine Nase drang ein frischer und starker Duft. Ich schloß die Augen, um den Hauch der Erde besser aufnehmen zu können. Eine lange Viertelstunde verging, und ich bewegte mich nicht. Es schien mir, wenn ich nur so bliebe, reglos, mit geschlossenen Lidern, so würden die Bäume, der Himmel, die Vögel meine Anwesenheit vergessen, und ich könnte dann vielleicht Zeuge von etwas Ungeheurem werden. Schon war es, als käme der Gesang der Lerchen von anderswo, weiter weg. Ganz leicht verlagerte sich die Erde unter meinem Körper, glitt hinunter zur Seine, und mein Kopf fand sich tiefer als meine Füße. Meine Eingeweide zogen sich zusammen vom Schwindel, und ich hatte das Gefühl, zu fallen. Nur das war wahr. Es gab kein Begräbnis, keinen Zug, keinen Tod. Meine Hände erstarrten allmählich, und ein kleiner Stein schnitt in mein linkes Knie. In der Unermeßlichkeit der Welt existierte sonst nichts.

Der Tod meines Vaters war eine Erlösung für mich. Mit ihm entschwanden viele unnütze Teile meiner selbst in die Grube. Sicher sollte ich nach den Regeln der kindlichen Pietät anders sprechen – aber die Pietät, welche nicht von einem lebendigen Gefühl begleitet wird, ist höchstens die noblere Form einer Lüge. Als Kind hatte ich die Last von Erinnerungen zu ertragen, die nicht die meinen waren. Immer wieder versetzte ich mich in meinen Vater, und wenn er uns von den Schrecken des Belagerungszustands und der Kommune erzählte, entsann ich mich dunkel, so als hätte ich sie mit eigenen Augen gesehen. Durch ihn gehörte ich einer Epoche an, die Gott sei Dank nie zurückkehren würde. Ich wuchs im Schatten von Sedan auf. Und nun löste sich alles auf wie ein Traum. Ein Zug schrecklicher Jahre folgte meinem Vater in den Tod, und meine Jugend begann.

Aus den Vorkehrungen, die man traf, um mich vom Sterbezimmer fernzuhalten, hätte ein intelligenterer Junge als ich geschlossen, daß es sich um einen gewaltsamen Tod handelte. Man mußte so unbedarft sein wie ich, um sich mit den Antworten meines Onkels zu begnügen. Hätte mein Vater das Leben einen Monat länger ausgehalten, so hätte er sich vielleicht die Mühe ersparen können, sich den Schädel zu zerschmettern, denn zwei Wochen nach seinem Tod brach der Krieg aus.

Den Tag nach dem Waffenstillstand erlebten wir in einer Wohnung der Rue de Vaugirard, fast an der Ecke zur Rue Férou: drei kleine Zimmer, davon zwei auf einen Hof, mehr konnten wir uns nicht leisten. Die meisten unsrer Möbel waren verkauft, und der Rest verstellte die zwei Zimmer und den Eßsalon. Meine Mutter war voll Selbstmitleid, der Armut anheimgefallen zu sein. Das war, wenn ich so sagen darf, ihr bevorzugter Kummer; denn der Tod ihres Mannes war in die Nacht des Vergessens geraten, während die Kläglichkeit, in der wir nun lebten, vor ihren Augen mit jedem Tag neu erstand. Wenn sie den Haushalt besorgte (wir hatten keine Dienstboten mehr), las ich in ihrem Blick Gedanken, die ich kindisch fand, so klar, als seien sie auf ein Blatt Papier geschrieben: »Dieser Sessel, den ich in seine Ecke schiebe, wo er uns daran hindert, um den Tisch herumzugehen, stand früher mitten in unserem Salon, neben dem Mahagonitischchen, das ich habe verkaufen müssen. Und von diesem Stuhl hatte ich, anstelle der jetzigen vier, zehn von der gleichen Art.« Plötzlich liefen ihr Tränen über die Wangen, und wenn ich sie fragte, warum sie weine, antwortete sie, sie denke an ihren Cousin Georges, der Ende 1916 in der Champagne gefallen war.

Claude war kurz vor dem Schulabschluß freiwillig eingerückt und leistete seinen Militärdienst in Mainz ab. Weder kam er uns während seiner Urlaube je besuchen, noch antwortete er auf die Briefe meiner Mutter. Diese Haltung bestärkte mich in der Meinung, er habe den Krieg dazu benützt, uns loszuwerden. Wenn ich mich zurückerinnerte, gelangte ich bis zum Ausgangspunkt seines Vorhabens und verstand jetzt Gesten und Blicke, die mir mysteriös erschienen waren. Zweifellos hatten schon die erste Familienmahlzeit, der erste Blick auf unsere Wände, unser Mobiliar, ihn bestimmt, von uns wegzugehen. Ich denke, er hat den Gedanken von einem Moment zum andern gefaßt. Entschlossen und zugleich verschwiegen, gewöhnte er sich notgedrungen daran, sich nichts anmerken zu lassen und seine Ungeduld zu zügeln, die Küsse und Predigten meiner Eltern über sich ergehen zu lassen, bis zu jenem Tag, an dem irgendein Ereignis ihn von beiden erlösen würde. Eine solche Bestimmtheit erschien mir einmalig für sein Alter, und ich bewunderte ihn. Drei Jahre lang war es ihm gelungen, sich herauszuhalten, trotz all der Anstrengungen der zwei Menschen, ihn in den Kreis ihres kleinen Lebens zu ziehen. Weder mein Vater noch meine Mutter hatten etwas gegen seine Kälte und gegen sein Schweigen ausrichten können. Er hatte neben ihnen hergelebt wie der Angehörige einer neuen Rasse.

Anfangs fehlte er mir so sehr, daß ich nicht mehr schlafen konnte. Ich machte alle unsere Spaziergänge noch einmal. Gott weiß, was ich dabei zu finden hoffte, wenn nicht das, was die Erinnerung an Traurigkeit und Freude nach sich zieht. Ich träumte von Vorkommnissen, die nicht geschehen waren, von Gesprächen, die wir nicht geführt hatten, worauf ich mir dann plötzlich einbildete, einen harten Spottblick auf mir zu spüren, welcher mir die Schamröte in die Wangen trieb. In Wahrheit fühlte ich gar nichts für Claude – er erstaunte mich nur. Sooft ich ihn neben meiner Mutter sitzen sah, fragte ich mich, wie dieselben Begriffe auf zwei derart verschiedene Personen angewendet werden konnten. Allein zu behaupten, sie seien menschliche Wesen, führte schon zu einer Begriffsverwirrung: denn wenn meine Mutter die menschliche Rasse darstellte, dann mußte Claude von einem anderen Planeten kommen als dem unsren; wenn man dagegen ihn als unser Urbild nahm, dann mußte ich vernünftigerweise anerkennen, daß meine Mutter mißgestaltet erschien. Und doch war ich aus ihr hervorgegangen: mein Herz, mein Hirn, meine Eingeweide waren durch sie gebildet und genährt worden. Ich sah mit Augen ihres Zuschnitts, und manchmal, wenn ich vor dem Spiegel meine Krawatte knüpfte, entdeckte ich eine Vielfalt von Ausdrucksformen, die wir, sie und ich, gemeinsam hatten. So überstieg die Ähnlichkeit zwischen uns eine bloße Analogie der Züge – irgendwo in meinem Geist gab es etwas Unbestimmbares, worin ich mit ihr verwandt war. Bei solchen Gedanken geriet ich außer mich vor Wut.

Nach und nach verblaßte das Bild meines Cousins. Ich war in dem Alter, wo man die Kindheit am liebsten vergißt – und sie dafür später wiederfindet, wenn sie die Aura der Vergangenheit hat. Claude gehörte einer versunkenen Welt an, und ein paar Monate genügten, mir die Sehnsucht nach ihm unbegreiflich zu machen. Ich schloß die dritte Klasse ab. Die kargen Zeiten hatten mir den Sinn für das Lernen gegeben, und ich bildete mir ein, ein Mann zu sein. Ich fühlte mich alt in dem einzigen Moment, wo ein solches Gefühl guttut: mit fünfzehn. All die lächerliche Ernsthaftigkeit dieses Alters – ich hatte sie. Das Leben rückte von mir weg und verschwand hinter den Seiten meines Buches.

Aus einer natürlichen Kühle heraus blieb ich keusch. Keinesfalls legte ich mir da irgendeinen Zwang auf. Schon die Vorstellung, die Tugend könne darin bestehen, die fleischlichen Leidenschaften zu überwinden, erschien mir unsinnig, weil jene Leidenschaften selber mir ebenso unwirklich blieben wie Algebraformeln. Die Liebesumschlingungen, von denen ich dies und jenes wußte, hatten in meinen Augen zwar etwas Unschuldiges, dafür aber Komisches oder auch Jämmerliches. An diesen Spielen war zu vieles dem Tod abgeschaut, zuviel Raserei, zuviel Agonie. Gleichwohl suchten die Menschen ihr geheimnisvolles Vergnügen mit einer Beharrlichkeit, welche mich überraschte; was man »jemandem den Hof machen« nennt, überstieg mein Fassungsvermögen: Stunden, manchmal sogar Tage des Flehens, der Listen oder Versprechungen – eine lange und langweilige Mühsal, um jene paar Minuten eines unverständlichen Deliriums zu erlangen. Die ganze Menschheit erschien mir geistesgestört.

Von Zeit zu Zeit erging ich mich im Jardin du

Luxembourg; vor allem bei schlechtem Wetter, im Spätherbst, wirkte die Tristesse der langen kahlen Alleen auf mich als ein Zauber. Nicht einmal der Regen hielt mich ab; er verstärkte die Park-Schönheit durch Einsamkeit. Ich erinnere mich, wie ich an einem Novemberdonnerstag auf einer Steinbank saß, an dem breiten Weg, der in die Rue de Vaugirard mündet. Ich unterhielt mich damit, mit einem Zweig, vom Boden aufgehoben, die braunen und gelben Blätter umzuwenden, welche die Erde rund um mich sprenkelten. Es mußte in der Nacht geregnet haben; denn von jenen Blättern stieg ein durchdringender Geruch auf, wie der leibhaftige Duft der Erinnerung und des Todes. Ich erinnere mich an diesen Umstand wegen eines Ereignisses, das sich durch ihn gleichsam ankündigte. Einige Zeit schon hatte ich mich dem geruhsamen Gang meiner Phantasie überlassen, als ich mich plötzlich nach einem Geräusch umwandte und meinen Onkel Emile auf mich zukommen sah. Er zog beim Gehen die Füße ein wenig nach, und von den Blättern ließ sich unter jedem seiner Schritte ein Geräusch wie ein Wasserrieseln hören. Es war nicht das erste Mal, daß ich ihn so im Luxembourg traf. Der Krieg und andere Sorgen, von denen er nicht sprach, offenbarten an ihm eine Neigung zur Schwermut, welche seine Heiterkeit einst recht gut überspielt hatte. An diesem Tag aber war ich betroffen, weniger von seinem gealterten Aussehen, als von etwas anderem, schwerer zu Beschreibenden. Von weitem hätte man ihn für einen Habenichts halten können, ein Eindruck, der nicht von seiner Kleidung kam, sondern von der Weise, wie er sie trug. Ich hatte diesen Zug schon beobachtet, ohne mir darüber klargeworden zu sein – bis ich jäh begriff, daß solch erbärmlichem Äußeren eine innere Wahrheit entsprach. Mein Onkel hatte mich inzwischen bemerkt und schaute mich an. In diesem Augenblick ging mir auf, was das Alter bei einem Menschen anrichten kann: es häutet ihn.

»Ich habe dich gesucht«, sagte er mir einen Augenblick später. »Ich bin bei euch vorbeigekommen. Deine Mutter hat gemeint, ich würde dich hier finden. Bleib nicht auf der Bank da sitzen.«

Ich stand auf. Schweigend gingen wir den Weg bis zur Halbkreisterrasse hinauf. Da hielt mein Onkel inne und nickte, wie zur Antwort auf eine Frage. Er stand neben einer der Statuen, welche dem Senatsgebäude und den verlassenen Gärten zugewandt sind, und lehnte die Schulter an den Sockel, in einer Mischung aus Entschlossenheit und Mattigkeit.

»Also«, sprach er. »Ich habe mir gelobt, nicht an dieser Statue vorbeizugehen, ohne mit dir geredet zu haben. Was ich dir zu sagen habe, soll dich nicht belasten und wird dir vielleicht weiterhelfen.«

Er atmete tief, wobei er den Kopf von mir wegdrehte. Sein grauer, gestutzter Bart verbarg kaum das Gelb seiner Haut und die mageren Wangen. Von dem einstigen Lächeln in den Mundwinkeln waren ihm zwei tiefe Falten geblieben, welche nur noch Bitterkeit ausdrückten.

»Es handelt sich um deinen Vater«, fuhr er unversehens fort. »Du hast ihn nicht gemocht. Sag mir nicht, daß du ihn gemocht hast. Im übrigen war er schwer zu verstehen. Schade, daß man seine Eltern erst kennt, wenn sie zu altern beginnen, und so nie erfährt, was sie zu Menschen gemacht hat. Um eine Ahnung von dem Mann zu gewinnen, der dein Vater in seiner Jugend war, genügt es nicht, den Menschen, den du gekannt hast, um zwanzig Jahre zu verjüngen. O nein. Er war auf jeden Fall anders. Und dann ist er plötzlich jemand geworden, den ich hätte ›Monsieur‹ nennen können, wie einen Fremden. Aber mit fünfundzwanzig war niemand heiterer und, wie ich glaube, glücklicher als er. Du mußt wissen, daß ich zu dir jetzt nicht mehr als zu seinem Sohn rede. Nach dem Willen deiner Mutter solltest du den Lügen glauben, die wir dir an seinem Sterbetag erzählt haben. Unter Pietät ihm gegenüber versteht sie, daß du ihn als eine Art Automaten im Gedächtnis behältst, ohne Leidenschaften, ein zwischen seine Bücher eingesperrtes Wesen. All das ist nicht wahr. Vielleicht hast du geahnt, wie sein Ende war?«

Ich brauchte ihm das Wort, das er dachte, nur von den Lippen und den Augen abzulesen:

»Selbstmord?«

Er antwortete nicht; dieses Wort schien in ihm eine Erinnerung von außerordentlicher Schärfe zu wecken, und ich sah seinen Kopf zittern, als sei etwas dagegengeprallt.

»Du kannst nicht wissen, was der Tod ist«, sagte er unversehens, mit einer Brutalität in der Stimme, welche mir gräßlicher vorkam als seine niederschmetternde Eröffnung: »Dein Vater hat sich auf sein Bett gelegt, ganz angezogen, und sich eine Kugel in den Kopf gejagt. Das letzte, was er wohl gesehen hat, das waren die Schornsteine eures Nachbarhauses in der Rue de Passy; das letzte Geräusch, das er hören konnte, war das Gerumpel der Tramways und Wagen unter dem Fenster. Sein Gesicht zeigte einen Ausdruck des Erstaunens ... Das ist nichtssagend, und doch habe ich monatelang davon geträumt. So etwas wie Verständnislosigkeit ging von ihm aus – als sei er hereingelegt worden.«

Er hielt inne. Über ihm rundete eine Diana den Arm und bedrohte den Himmel mit ihrem Bogen. Mein Onkel blickte mich nicht an. Seine Augen starrten auf einen Punkt am Ende einer Allee, so als solle dort zwischen den Bäumen jemand auf ihn zukommen. Sein Mund öffnete sich zu einem Satz, der mir unhörbar blieb. Dann fuhr er fort zu sprechen, jedoch mit so leiser Stimme, daß es schwer war, ihm zu folgen. Seine Gedanken hatten ihn weit weggetragen, und ich lauschte dem Monolog eines Menschen, der sich allein glaubte.

»Als ich ihn fand, war es heiß in dem Zimmer. Das Fenster war halb offen. Um ihn herum schwüle Gewitterluft. Ich mußte eine Fliege verscheuchen, die um seine Schläfen brummte. Seine Hand war noch nicht kalt, ich habe sie befühlt wie die Hand eines Kranken, ich habe ihm die Waffe weggenommen, ich habe das alles getan, bevor ich begriff, daß er wirklich tot war. Und je länger ich sein Gesicht betrachtete, um so mehr entfernte es sich von mir; ein Schwindel ergriff mich dabei, ich beugte mich über ihn, und plötzlich kam es mir wieder entgegen, wie aus dem Grund eines Lochs, und ich zuckte zurück. Mehrmals dachte ich, daß er das gar nicht war. Es gelang mir nicht, ihn wiederzuerkennen. Er glich sich selber nicht mehr. Und auf einmal glich er sich doch – bis ich ihn von neuem verlor. Das war, wie wenn grundlos ein Licht aufflammt und wieder erlischt. Ich glaubte, verrückt zu werden: dieses Gesicht veränderte sich unablässig vor meinen Augen.«

Als ich mich bewegte, entsann er sich meiner Anwesenheit. Er hatte etwas von einem Betrunkenen, der durch ein unvorhergesehenes Ereignis wieder nüchtern wird.

»Wie? Das alles tut weh, ja, zu weh, mein Kleiner. Ich weiß nicht, warum ich so mit dir rede. Am nächsten Tag, als ich seine Schreibtischpapiere durchschaute, fand ich Briefe, Notizen, eine Art Tagebuch, das er in seinen letzten Lebensmonaten unregelmäßig geführt hatte. Fast ein Jahr lang hat er an Selbstmord gedacht. Dreimal hatte er den Zeitpunkt verschoben, und schließlich hat er dafür die großen Ferien bestimmt, wo er euch, dich, deine Mutter und deinen Cousin, von Paris entfernen konnte. Und weißt du, warum er sich getötet hat? Alle unsere Vorstellungen von ihm waren falsch. Mit achtundvierzig ist er für eine Frau entbrannt, der er auf der Straße nachgegangen war. Unter vielen Mühen erfuhr er endlich ihren Namen, und durch die Vermittlung eines Patienten, welcher sie kannte, gelang es ihm, ihr vorgestellt zu werden. Sie war keine üble Frau, doch es fehlte ihr an Großherzigkeit, und einige zu gefühlvolle Worte deines Vaters bewirkten, daß sie ihn für einen Schwachkopf hielt. Die Anträge des armen Mannes wurden mit einem Lachen beantwortet, das ihn vernichtete. Solltest du jemals sein Tagebuch lesen, dann wirst du verstehen, daß die einzig mögliche Grenze für das menschliche Leiden der Tod ist. Die Zurückweisung durch jene Frau war sicher nur ein Spiel, aber gegenüber derartigen Listen war dein Vater wehrlos. Für ihn gab es nur eine eindeutige Sprache. Aus Schwäche suchte er sie wieder auf und konnte dem Wunsch nach einer Aussprache nicht widerstehen. Er verärgerte sie und, schlimmerer Fehler, verband seine Argumente mit Bitten, die ihn vollends zum Verlierer machten. Ich glaube nicht, daß er sie noch öfter als dreimal wiedergesehen hat. Er versuchte sie zu vergessen, aber der Stachel steckte in ihm. Mit der Zeit, je länger er darüber grübelte, wuchs der Fehlschlag für ihn ins Übermaß, und seine Melancholie ließ ihn in einem grausamen, doch banalen Abenteuer den Beweis für ein verfehltes Leben sehen. Sein Gemüt verfinsterte sich nach und nach. In seinem Hirn setzte sich die Selbstmordidee fest und verließ ihn nicht mehr. Zweimal wurde er in seinem Entschluß schwach, dann machte ihm irgendeine Widrigkeit Mut. Eine Kleinigkeit genügte, ihn außer sich zu bringen.«

Ich war meinem Onkel dankbar, daß er an dieser Stelle aufhörte und mich ohne ein Abschiedswort gehen ließ. Seine Erzählung hatte mir mißfallen. Ich nahm sie ihm übel, ebenso wie ich in der Folge all jenen böse war, welche die Vergangenheit aus dem

Grund des Vergessens zurückholten, wie einen Ertrunkenen, den man aus dem Wasser fischt. Vor allem aber diese Vergangenheit – was hätte ich dafür gegeben, sie nicht zu kennen! Wenn das Grab eine Lüge barg – was ging mich das an? Woher kam dieses Bedürfnis, eine unnütze Wahrheit aufzudecken? Ich haßte diese triste und mittelmäßige Geschichte, wie sie sich dem wunden Blick eines armseligen, geschlagenen Mannes zeigte. Für mich begann das Leben mit dem Augenblick, in dem ich aus dem Schlaf erwacht war; das unterirdische Wurzelgetriebe interessierte mich nicht. Mein ganzes Wesen richtete sich nach vorn, einer Zukunft entgegen, wo die Schatten der Vergangenheit aus dem Spiel wären, wo die Stimme und der Blick der Toten mich nicht mehr beträfen.

Fast zwei Jahre waren vergangen, und ich bereitete mich auf meinen zweiten Abschluß vor, als, ohne einen klaren Übergang, mein Leben eine unerwartete Wendung nahm. Alles, was in mir schlummerte, erfuhr ein Erwachen, um so jäher und heftiger, als es so spät dazu kam. Menschen, die ich bis dahin ohne Aufmerksamkeit wahrgenommen hatte, brachten mich, ohne es zu wissen, aus meiner Ruhe. Ein Gesicht von der Straße verfolgte mich während des ganzen Tags, verschönt durch all das, was mich von ihm trennte, und wie verklärt von meiner Sehnsucht. Ich kam nach Hause in einem Zustand der Exaltation und der Begierde. Unversehens ergriff mich eine verrückte Freude, ohne einen Grund, ebenso wie der Anfall von Schwermut, in die ich anschließend verfiel. Die Welt änderte sich unter meinen Augen, und ich mich mit ihr. Wenn es stimmt, daß man am Geborenwerden leidet, so wäre das Bild von einer zweiten Geburt das richtige, meine Verwandlung zu beschreiben. Der Mann in mir wurde geboren unter Tränen der Angst. Tagsüber wurde ich von einer trügerischen Leidenschaft umgetrieben, die mir auf meinen Wegen Beute verhieß, ohne mir zugleich den Mut zu geben, diese zu fassen, und in den Nächten begegnete ich den Gespenstern, die mein Begehren gerufen hatte.

Einen der häufigsten Träume aus jener Zeit habe ich in seinen kleinsten Einzelheiten im Gedächtnis behalten. Nicht alles ist sagbar, doch da es sich hier um das einzige Thema handelt, von dem ich eine vollständige Kenntnis habe, so kann ich es doch begreiflich machen. Es ist eine Eigenart meines Geistes, nur an eine Sache zu glauben, von der ich auch geträumt habe. Unter Glauben verstehe ich nicht bloß, im Besitz einer Gewißheit zu sein, sondern diese auf eine Weise in sich zu behalten, daß das Wesen sich dadurch verändert. So unscheinbar sie auch sei – diese Gewißheit mischt sich immer in meine Gedanken; doch muß sie dazu durch jene der beiden Äneas-Pforten in mich eintreten, die zu den Wahrträumen führt.

An einem Juninachmittag, im Halbschlaf, sah ich mich plötzlich in einem unbekannten Zimmer. Der gewaltige Raum war zwar leer bis auf ein Riesenbett im Hintergrund, doch irgendwie hatte die Abwesenheit der Möbel etwas Prunkhaftes. Licht und laue Luft fluteten zwischen den blendend weißen Wänden. Durch das offene Fenster hörte ich einen wunderbaren, zauberischen Klang. Sicher wurde in der Nachbarschaft gebaut, freilich so weit weg, daß der Arbeitslärm nur ein dumpfes Rauschen war. Ich glaube fast, daß sich das Zimmer, wo ich mich aufhielt, im letzten Stockwerk eines hohen Hauses befand, am Rande des Camp-de-Mars, so daß das Sirren der Sägen in der Höhe seine Schrille verlor und der Krach der Maschinen aus der Ferne dem Gebrumm monströser Insekten ähnelte. Doch dieses Rumoren, das ich als menschliche Tätigkeit wahrnahm, wurde von einem anderen Geräusch übertönt, so tief, so hart und so ernst, daß ich davon bis in mein Innerstes ein Beben und einen Schlag spürte. Vielleicht waren es schwere Hämmer, die auf Eisenträger schlugen, welche jene widerhallenden Vibrationen erzeugten – für mich aber ließ ein

Ankömmling aus außermenschlichen Regionen die allmächtige Stimme des Schicksals hören.

Auf dem Bett ruhten zwei nackte Körper. Sie waren nebeneinander in völliger Reglosigkeit ausgestreckt; allein ihre Fingerspitzen berührten einander. Von Zeit zu Zeit ging über die Lider und die Stirnen der Schläfer der Schatten einer inneren Bewegung. Ich bewunderte schweigend ihre entspannten und kräftigen Gliedmaßen und die sorglose Atmung, unter der sich die Brust hob und die Hüften sich buchteten. Kein Schreck und kein widriger Gedanke ließ sie auffahren. Diese glatte Haut, auf der sich das Licht bündelte, kannte nur jenen Schmerz, der aus dem Vergnügen kommt. Diese halboffenen Lippen hatten niemals um etwas gefleht; nicht eine Träne hatte die Wimpern beschwert, deren Schatten manchmal über die Wangen spielte. Mein Herz begann zu klopfen. Es gab also etwas, das unberührbar war von der Traurigkeit. Den Beweis hatte ich ja vor mir. Das Eisengeräusch stieg wogengleich an mir empor und vermischte sich mit dem Pulsen meines Bluts. Am Hals der Schläfer zitterte eine Ader. Ich betrachtete die beiden Körper näher: ich war der eine, und ich war der andre. Ja, die Freude, die sie durchlief, glich zwei beseelten Strömen in einer endlosen Bewegung: ihre Quelle fand sich in mir. Mein einsames Herz entsandte das Leben in jene ineinander verschränkten Fingerkuppen. Da, mitten in dem Tumult und dem Licht, wurde ich von einem solch gewaltigen Gefühl ergriffen, daß es mir die Seele aus dem Leib zu reißen schien, und schweißgebadet erwachte ich.

Jener Traum belehrte mich besser über meine wahre Natur als alle Überlegungen und all die meiner Sehnsucht entsprungenen Gesten. Ich erfuhr, daß ich den Sinnen angehörte. So zeigten sich die ersten Grenzen meines Wesens. Ich spürte dabei weniger Erniedrigung als Vergnügen; denn meine Eitelkeit war so stark, daß ich ein fast ebensolches Glück empfand, mich zu erniedrigen, wie mich zu erhöhen.

Die erste Auswirkung dieser Selbsterkenntnis war, daß sie mich am Lernen hinderte. Zweimal hintereinander fiel ich durch die einfachsten Prüfungen. Meine Mutter konnte sich das nicht erklären. Bei vielen Frauen fallen bestimmte Teile des Gehirns einzig aufgrund der Tatsache aus, daß sie einen Sohn haben: das trübt ihre Vorstellungskraft. Ich sah zu, wie die arme Frau über den Bericht des Direktors ihre kleinen Tränen vergoß, worauf sie mich mit erstickter Stimme fragte, was das nun zu bedeuten habe. Und wie um die Komik des Mißverständnisses noch zu verdeutlichen, strich sie mir mit der Hand über die Stirn und wollte mit mir einen Arzt aufsuchen.

Ich glaube, ich war nicht das, was man einen guten Sohn nennt. Erst einmal fehlten mir die dafür nötigen Gefühle. Wenn ich in einer jähen Regung des Mitleids versuchte, zu meiner Mutter liebenswürdig zu sein, bemerkte sie es nicht einmal. Einzig meine Ungezogenheiten beeindruckten sie. War ich zuvorkommend, so traf ich bei ihr auf Zerstreutheit; aber mein Achselzucken und mein grober Ton brachten sie auf der Stelle zu sich: sie drehte sich um, schleuderte mir einen Blick zu, und endlich wieder auf einen der üblichen Gründe für ihren Kummer gestoßen, begrüßte sie diesen mit einem Ausbruch von Vorwürfen. Nach und nach gab ich es auf, gegen mein Wesen anzukämpfen, und so wurde es ein ungleiches Spiel. Alles, was ich tat, war, Stillschweigen zu wahren, nicht zu grinsen, ohne Türenschlagen aus dem Zimmer zu gehen. Aber auch das erkannte meine Mutter nicht an: sie nannte diesen Sieg über meine Ungeduld Schmollerei und tadelte mich mit Worten, die in mir einen zerstörerischen Zorn aufwachsen ließen. Leider entging mir keine ihrer Schwächen. Die ärgerlichste war ihr schlechtes Gedächtnis, wobei sie sogar meinen Namen vergaß; sie suchte ihn blindlings, in den Finsternissen der Familiengruft. »Pierre, Emmanuel, Jean, Marc ...« Sie mußte erst all ihre Toten aufrufen, bis sie auf mich kam. Ich fand diese Anfälle von Gedächtnisverlust unerträglich. Es kam mir dabei vor, als gebe es mich selber nicht mehr, als sei ich verloren in einer nebelhaften Menge. »Denis«, schrie ich, außer mir, »Denis, Mutter, ich bitte dich.« Dann blickte sie mich verzweifelt an und seufzte darüber, daß ich sie nicht mehr liebe.

In meinen Augen verkörperte die Mutter alle Traurigkeit und Zwanghaftigkeit meines Lebens, mit jener Mischung aus Vagheit und Präzision, welche gewisse allegorische Figuren kennzeichnet. Mit anderen Worten: tagelang war sie einfach meine Mutter, eine kleine, vor der Zeit gealterte Frau, und dann machte sie plötzlich, ohne daß sie es merkte, eine Geste, die für meinen ganzen Jammer stand. Zwischen ihr und den kleinen engen Zimmern, die wir bewohnten, stellte sich eine Beziehung ein wie zwischen Körper und Seele. Wenn sie außer Haus war, folgte mir ihr Schatten von Raum zu Raum und verdarb mir das Alleinsein.

Nichts bezauberte mich daher so wie die Hingabe an sinnliche Träumereien, durch die ich wegtreiben konnte in eine wundersame Welt. Die Erinnerung an ein Gesicht auf der Straße wurde zum Ausgangspunkt für ein fiktives, aber köstliches Abenteuer. Obwohl diese Angewohnheit nur meinen Geist beschäftigte, wurde ich schwierig. Die Wohnung in der Rue Férou war meinem Vergnügen nicht günstig. Sorgfältig suchte ich nach dem Platz, wo ich vom Erdboden abheben könnte, und es widerstrebte mir, wenn ich so sagen darf, mich in die Lüfte zu schwingen zwischen so vielen schäbigen, an meine Fesseln gemahnenden Dingen.

Immer noch hänge ich ganz besonders an den Orten, wo das Leben in einem unwirklichen Blickwinkel erscheint... Zwei Schritte weiter nimmt es wieder die allzu bekannten Formen an, doch hier, an dieser auserwählten Stelle, hat es etwas Unbestimmbares, nah am Traum. Der Reiz kommt gleichwohl von einem Dazwischen – davon, daß es weder ganz das Leben ist noch der wirkliche Traum.

An einem Junitag, als ich bei einem Steinmetz des Viertels einen Gipskopf kaufte, nahm mich sein Laden so stark gefangen, daß ich mich aufraffen mußte, um mich zu entfernen. Wie hatte ich so oft daran vorbeigehen können, ohne ihn zu sehen? Vielleicht war ich da noch nicht reif für die Leidenschaft, die mich nun anfing zu rütteln? An den folgenden Tagen trieb es mich immer wieder an denselben Ort. Um dableiben zu können, fand ich die allerkompliziertesten Vorwände. Ein Verwandter hätte mich gebeten, den Abguß einer Statue zu kaufen, deren Name mir entfallen sei, aber auf einen Blick würde ich sie wiedererkennen. Gab es nicht noch andere

Modelle, oder war es möglich, mir eine Werkstatt zu zeigen? Ich ahnte, daß da noch anderes verborgen wäre. Und meine Schülerlist hatte Erfolg. Mein Gegenüber war eine gutmütige Frau, die mir den Schlüssel zu einem Magazin aushändigte, wo Abgüsse, zu groß für den Laden, darauf warteten, auf Bestellung in eine Zeichenklasse oder in ein Provinzmuseum geschickt zu werden.

Mit Herzklopfen überquerte ich einen stillen Hof, stieg vier, fünf Stufen hinab und betrat einen dunklen und feuchten Raum.

Zuerst sah ich nichts als das Erwartete. Mitten im Magazin standen drei große Tische übereinander, beladen mit etwa hundert Gipsbüsten. Die Mythologie war da vermischt mit der Geschichte: die nackte Schulter des Apoll rührte an die kaiserliche Brosche Domitians; in der Masse blieben die einzelnen jedoch unterscheidbar. Etwas rückte sie voneinander ab: ein jeder lebte einer Leidenschaft, welche ihn allein umtrieb. Bacchus in seiner Schlaffheit und Trajan in seiner Glorie kannten einander nicht, mochte auch ein langer forschender Blick im Dämmerlicht versuchen, sie zu vereinen. Indem ich sie beobachtete, begriff ich, daß die Welt sich ganz anders zeigen kann als beim ersten Augenschein. Sie atmeten zwar nicht, aber sie lauschten. Das Aufmerken ersetzte bei ihnen das Atmen. Mochten die Geräusche von der Straße ihnen auch unvernehmlich bleiben – in ihnen selber rumorten vernehmlich geheime Gedanken.

Während ich so in dem Lager herumging und meine Augen sich an die Düsternis gewöhnten, erblickte ich auf einmal ein Schauspiel, vor dem ich aufschrie. Dieser Keller barg den Olymp. Etwa zwanzig Statuen warteten darauf, daß ich sie ansah, an eine schwarze Mauer gelehnt, welcher sie zu entsteigen schienen.

Was andere unter dem Himmel der Akropolis fühlen, das erlebte ich da. Meine unbestimmten Traumbilder nahmen Gestalt an, und innerhalb weniger Augenblicke erkannte ich mich völlig, mochte ich auch in der Folge vergessen, was diese Offenbarung mir beigebracht hatte. Worte gäben meinen freudigen Schrecken nur schlecht wieder – jedenfalls konnte ich mir mit Hilfe der Dämmerung ohne weiteres vorstellen, wie einem ergebenen Herzen in einem Tempel zumute sein mußte, wo sich die Mysterien vollziehen. Eine so vage wie mächtige Aufwallung erhob mich vor diesen Göttern, die mich nicht sahen. Ihre Schönheit zerschmetterte mich. Ein mythologischer Himmel tat sich auf vor meinen Augen und erfüllte mich mit Grauen; aber gerade dieses Grauen betete ich an. Wäre die Seele verkäuflich, so hätte ich in dieser Minute die ewige Glückseligkeit dafür gegeben, daß die gipserne Welt da sich plötzlich belebte. Ihr Zorn hätte mich entzückt. Ah, welche Martern hätte ich auf mich gezogen!

Ich glaube, im Bann des Begehrens erkühnte ich mich, diese Gliedmaßen zu berühren, die Arme um sie zu schlingen, und legte meine zitternden Hände auf die blicklosen Gesichter und die Leiber, in denen kein Herz schlug.

Das kalte Einverständnis jener Körper überraschte mich mehr noch als das Ungewöhnliche meines Verhaltens. Ich hatte mir gedacht, sie würden zu leben anfangen, nicht um den Preis meiner Seele, sondern zu dem einzigen Zweck, mich zurückzustoßen. Daß eine solch überragende Schönheit sich nicht verteidigte, erschien mir unerklärlich. Und das war noch nicht einmal die seltsamste der Empfindungen, welche mir an jenem Morgen zusetzten. In einer falschen Scham verließ ich den Bacchus mit den undeutlichen Formen, den keuschen und zornigen Apoll und die ewig jagende, sich niemandem hingebende Diana

In diese Epoche gehört das erste Ereignis, worin das Leben und meine Träume versuchten, sich zu vereinen. Ich weiß nicht, ob es vor oder nach dem Besuch in dem Steinmetzlager war; mein Gedächtnis versagt da. Ich hätte die kleinen billigen Hefte behalten sollen, in die ich damals so viele gewagte Dinge notierte. Nach einem Gewissenskonflikt habe ich sie verbrannt (so als könnte man vernichten, was man verleugnet), doch erhalten hat sich davon zumindest der Sinn, das Bedürfnis, im Reden wahrhaftig zu sein. Der Krieg war seit fünfzehn Monaten zu Ende, und ich bereitete mich zum dritten Mal auf das Abitur vor; Datum und Stunde sind mir entfallen, und mit ihnen leider auch mehrere Einzelheiten.

Ein Mitschüler, der sich, weniger aus Sympathie denn aus Neugierde, mir angeschlossen hatte, schlug mir eines Tages einen Ausflug in die Wälder von Raincy vor, zusammen mit seiner Cousine. Aus Schwäche stimmte ich zu, wobei meine Worte immerzu den Drang widerlegten, den ich in mir spürte.

Ich konnte für Remy keine Freundschaft fühlen. Sein Reden und seine Vertraulichkeiten ertrug ich aus Höflichkeit und weil alles, was nicht meine Begierden betraf, mir gleichermaßen langweilig und unvermeidlich erschien. Ich glaube, er wußte das, und spielte das Spiel zum Trotz. Er war ein brutaler und durchtriebener Bursche, der es nicht ertrug, daß man sich ihm widersetzte; aber da seine Fäuste mich kaum ängstigten, behalf er sich mit übertriebenen Freundlichkeiten, um mich unter seine Fuchtel zu bringen. Durch die Bücher, die er mir, wenn ich sie brauchte, aufgeschlagen unter das Pult schob, war ich ihm verpflichtet.

Pünktlich fand ich mich ein zu unserem Treffen, gleichwohl verärgert, mich so widerstandslos dem Willen eines andern zu fügen. Wir hatten uns in einem Café verabredet, um dann gemeinsam seine Cousine abzuholen. An seinem ein wenig mysteriösen Lächeln ging mir auf, daß er über meine widerspenstige und zugleich einverständliche Miene frohlockte, denn ein gar zu leichter Erfolg hätte ihm den Spaß verdorben. Er trieb seine Lust an der Schwierigkeit sogar so weit, mir sein Vorhaben einzugestehen, und setzte das Mädchen mir gegenüber in ein ungünstiges Licht: »Sie ist sehr heftig und sehr stolz«, sagte er. »Bereite dich auf eine Ohrfeige vor.« Ein grausames Lächeln schlitzte seine kleinen, weit auseinanderliegenden Augen. In diesem Moment erschien mir sein Gesicht so unangenehm, daß ich überlegte, ob ich heimgehen sollte. Alles an ihm, seine stumpfe Nase, seine überroten Lippen und sogar seine sehr weißen Zähne beleidigten meine Vorstellungen von der Schönheit. Welch herausfordernde Häßlichkeit! Welcher Hochmut in dieser blauen Iris!

Wir waren ein bißchen zu früh dran. Auf dem ganzen Weg zu seiner Cousine gab er mir seine Ratschläge, mit einem Freimut und einem Zynismus, die allein darauf berechnet waren, mich in Verlegenheit zu bringen. Ich errötete leicht. Ich glühte von bestimmten Wörtern, die mir unsagbar und auch schmerzhaft zu hören schienen – und gerade mit solchen schmückte er seine Suada.

Endlich kamen wir an, ich verzagt und er fröhlich und geschäftig wie ein Dämon. Er stellte mich einem jungen Mädchen vor, dessen Gesicht mir verschwommen blieb, so durcheinander war ich. Sie dagegen war stumm vor Überraschung. Ich erinnere mich, daß sie am Ausgehen gewesen war. Erstaunt blickte sie erst Remy, dann mich an. Ich muß wohl Anstalten getroffen haben, zu verschwinden, denn er hielt mich am Arm zurück. Jetzt trat sein Lügengespinst zutage, und ich kam mir vor wie die Figur einer zu seinem Ergötzen aufgeführten Komödie. Keine Rede mehr von Raincy; eine Viertelstunde später waren wir, unter einem nichtigen Vorwand, zu Hause bei ihm.

Da verstand ich, und wider Willen bewunderte ich das ganze Ausmaß der Rücksichtslosigkeit dieses Gymnasiasten. Andrée – nicht im mindesten mit Remy verwandt – fügte sich ihrem vorgeblichen Vetter mit der Dienstfertigkeit der Liebe. Spürbar älter als wir, überspielte sie recht gut ihre Enttäuschung, daß ich dabei war, aber ich ahnte ihre Bestürzung und Scham. Ein flüchtiger Blick, den ich ihr zuwarf, ließ mich staunen. Zum ersten Mal betrachtete ich sie. Meine Verwirrung schwand, und in dem wenig schmeichelhaften Licht eines trüben Himmels sah ich sie so, wie sie wohl war: ein schöneres Gesicht gab es nicht einmal im Traum.

Ihre vollendeten Züge überraschten mich nicht so sehr wie ein einzigartiger Ausdruck, der mir bei niemandem sonst begegnet ist. Vielleicht wäre *unmenschlich* das passende Wort, gäbe es nicht die Vorstellung von jemand Kaltem und Hartem; von dem Blick ihrer grauen Augen aber ging nichts als Sanftmut aus, und selbst der Kummer konnte dem Lächeln ihrer Lippen nichts anhaben. Ihre Schönheit schied sie von uns und entrückte sie jenseits der irdischen Grenzen. Diesmal erschienen mir die Übertreibungen der Poeten am Platz. Nur eine Weise gibt es, von einer derart vollkommenen Grazie zu sprechen. Die präzise Beschreibung wird ihrem Modell nicht gerecht – allein die lyrischen Anspielungen enthalten etwas von jener lebendigen Klarheit.

Ich betrachtete Andrée mit den Augen eines Geizigen, dem seine Leidenschaft zusetzt. Remy, der uns mit einem Anflug von Ironie und zugleich sehr aufmerksam beobachtete, erfaßte die Eindringlichkeit meines Blicks. In einem ziemlich geläufigen Irrtum hielt er für Zorn, was nichts als Begehren war, und machte mir ein Zeichen, auf das ich nicht antwortete. Das Gefühl, Komödie zu spielen, wich von mir; unversehens wechselte ich von einem Bereich in einen anderen und von einer kläglichen Lüge in eine Wirklichkeit, die mir ans Herz griff. Angesichts dieser Wangen, an denen die Tränen herabliefen, dieser von schwarzen Wimpern beschatteten Lider, dieses glatten und frischen, zu Boden gesenkten Antlitzes kamen mir die widerwärtigen Einflüsterungen Remys wieder in den Sinn. Die Erinnerung ließ mein Blut aufwallen. War es möglich, daß er nicht gelogen hatte?

Welchen Beweis brauchte ich denn? Andrées Anwesenheit belehrte mich allzugut darüber, unter welcher Herrschaft sie stand. Wenn sie wirklich so stolz war, wie Remy behauptete, dann mußte sie unter der Erniedrigung, die er ihr zufügte, elendiglich leiden. Seit unserer Ankunft hatte sie kein einziges Mal die Augen zu ihm gehoben, aber von meinem Blick gepeinigt, wandte sie sich von mir ab und schaute mich dabei so verzweifelt an, daß ich betroffen wurde; ohne daß sie es wagte, ihre Bitte auszusprechen, beschwor sie mich, zu gehen. Ihrem Ausdruck entnahm ich alles, was das Herz an Traurigkeit enthalten kann. Die Sehnsucht, ihr zu gefallen, war stärker als jene, zu bleiben; nach einem kurzen Zögern stand ich auf und verließ das Zimmer.

Remy kam mir in den Vorraum nach.

»Bist du auf sie versessen?« fragte er mich.

Ich antwortete nicht. Er stellte sich vor die Tür, um mich am Gehen zu hindern. Sein Gesicht nahm einen wilden Ausdruck an, welcher aus ihm einen Mann machte. Ich ahnte auf einmal, welch seltsame Leidenschaften ihn später einmal bestimmen würden.

»Sie ist schön, nicht wahr?« fuhr er mit einer tonlosen Stimme fort, die mir an ihm unbekannt war. »Sie gehorcht mir. Du hast doch gesehen, daß sie nur da ist, weil ich es ihr gesagt habe. Es ist heute sonst niemand im Haus. Mein Vater ist auf Reisen. Ich tue hier, was mir gefällt. Du hast doch gesehen ...«

Seine hellen Augen starrten mich hart an, wie um meine kleinste Regung zu erspähen.

»Du hast es doch gesehen? Sie hat geweint. Und du ...«

Ich ging. Ich hatte kaum die Tür zugemacht, da bereute ich es schon. Es war vielleicht drei Uhr; jedenfalls war es noch Tag. Durch eine Milchglasscheibe, deren oberen Teil das Treppenhaus vor mir verbarg, kam ein Licht wie der Widerschein einer Schneefläche. Ich ging ein paar Schritte von der Wohnungstür weg und setzte mich auf den Teppich, der die Stufen hinablief. Ein fremdartiger Schmerz krümmte mich zusammen. Anfangs spürte ich eine große Überraschung, doch einen Augenblick später begriff ich, daß das die leibliche Entsprechung eines seelischen Leidens war. Um diese Marter zu lindern, streckte ich mich wie ein Hund auf den Boden hin, und in diesem Moment bemächtigte sich meiner Sinne eine Art Trunkenheit. Das Stiegenhaus, wo ich mich befand, neigte sich einmal nach rechts, einmal nach links, gleich einer Schiffsbrücke. Ich fühlte, wie mich mit einem Staubgeruch ein Luftzug anwehte, welcher unter der Tür hervorstrich; ich hätte gern mein Leben dafür gegeben, auf der anderen Seite dieser Tür zu sein. Sicher hätte es genügt, zu läuten, aber eben dazu war ich unfähig. Ich setzte mich auf und lehnte den Kopf an das Geländer. Alles schwankte; mein Hirn gehorchte mir nicht mehr: weder gelang es mir, einen Gedanken zu verfolgen, noch einen Plan zu fassen. Ich hatte den Eindruck, daß es allmählich dunkel wurde; aber nein, das Gespenstische, das sich auf mich herabsenkte, existierte nur in mir selbst. In diesem Moment, der einer dichten, vollständigen Nacht voranging, zerriß eine Art Blitz die Finsternis. Es war, als durchschlüge dieser grelle Strahl mir die Schädeldecke, von einer Schläfe zur andern, hinter den Augenhöhlen, und einige Sekunden lang erblickte ich mit Wirklichkeitsmacht eine vielleicht nur eingebildete Szene. Das, was sich meinem Innern zeigte, sah ich auch vor meinen Augen. In einem Aufwallen der Sehnsucht war mein ganzes, von der Entbehrung gepeinigtes Wesen nur noch ein Blick, für den es keine Mauer gab, und ich sah die Umschlingung zweier Feindeskörper, in einer Mischung aus Grauen und Freude. Fast zugleich schloß sich die Nacht wieder über mir.

Vier oder fünf Tage später nahm ich meiner Mutter, die schon dabei war, ihn zu öffnen, einen Brief weg, mit ungefähr folgendem Inhalt:

»Sie sind sicher der letzte, an den ich mich wenden sollte. Kommen Sie trotzdem morgen gegen fünf zum Eingang des Luxembourg, gegenüber der Rue de Fleurus. – A.«

Als Postskriptum hatte sie hinzugefügt: »Bitte glauben Sie mir, daß ich gezögert habe, Ihnen zu schreiben.«

Dieser Brief gab sich als Befehl und war eine Bitte. Seine Schrift kam mir eitel vor und sein Tonfall frech; aber er wühlte in mir etwas auf, das sich sonst allmählich beruhigt hätte. Ich hatte gedacht, das Leiden würde sich abnutzen, sich an sich selber verzehren, bis es zu Asche geworden wäre, und die Macht dieser paar Zeilen überraschte mich wie eine Offenbarung über mein innerstes Herz.

Mein erster Gedanke war unerklärlich dumm: zu

Remy zu gehen und ihm den Brief zu zeigen. Seit dem Tag, als er mich bei sich mit Andrée zusammengebracht hatte, war ich von der Schule weggeblieben, und wir hatten einander nicht gesehen. Und nun war ich ihm plötzlich nicht mehr böse. Mein Groll legte sich ohne einen vernünftigen Grund. Allein die Erinnerung an seine Grausamkeiten hinderte mich, dem Impuls, der mich zu ihm trieb, nachzugeben. Ich malte mir das Lächeln auf seinen Lippen aus, die Fältchen, die sich in seinen Augenwinkeln beim Lesen dieses Kärtchens bilden würden. Er würde sich über mich und sie lustig machen. Oder es träte auf sein lüsternes, unbeherrschtes Gesicht jener ernste Zug von damals, als er mir die Tür verstellt hatte und seine Wut wie Feuerhitze auf mich eingedrungen war. Ich sagte mir, ich sei verrückt, an ihn zu denken – sie war es, zu der ich gehen mußte.

Ich war so blaß geworden, daß meine Mutter, die mich für krank hielt, aufschrie. In diesem Augenblick erschien sie mir so weit weg, daß sie ebensogut hätte tot sein können. Ihre Fragen hatten keinen Sinn mehr. Zu wem redete sie? Warum rüttelte sie mich am Arm? Ich stieß sie weg und rannte barhäuptig auf die Straße.

Es waren kaum hundert Meter von uns bis zu Andrées Wohnung. Ich legte sie in einem schwer beschreibbaren Zustand zurück, denn ich wußte nicht mehr, ob ich glücklich oder unglücklich sein sollte. Manchmal schien es mir, als tauchte ich zurück in eine Art Schmerzzustand, und dann wurde mir das Herz plötzlich wieder leicht, und meine Hoffnung wurde grenzenlos.

Bei Andrée sagte man mir, sie sei weggegangen. Ohne Zweifel war es mein verstörtes Aussehen, das eine solche Antwort bewirkte. Ich überlegte mir, daß ich ordentlich dumm und unvorsichtig gewesen war, da hinzugehen, und daß Andrée mir das sicherlich übelnehmen würde. Jedenfalls beschloß ich, das junge Mädchen auf der Straße zu erwarten, auf einer Caféterrasse, von wo ich den Hauseingang im Auge behalten konnte.

Die Dreiviertelstunde, die verging, ließ mich, glaube ich, stärker altern als vielleicht ein ganzes Jahr. Diese langen Minuten zeigten mir, wie schwach ich war. Ich verhielt mich vor dem Schmerz wie ein vor dem Sturm ungenügend gerüstetes Boot. Nichts in mir leistete der Verzweiflung Widerstand, doch gerade darin lag meine Möglichkeit der Rettung – denn war die Verwüstung erst einmal vollkommen, so stellte sich der Lebenswille stärker ein denn je.

Nie ist mir im Leben kläglicher zumute gewesen. Was für Widrigkeiten die Zukunft mir auch bereithalten mag, meine Traurigkeit wird niemals größer sein als damals. So sehr sehnte ich mich nach Andrées Anwesenheit, daß ihr Ausbleiben mir Grund genug schien, zu sterben. Es wäre völlig sinnlos gewesen, mir zu sagen: »Sie wird kommen, Sie werden sie sehen, morgen, heute abend.« Ein paar Tropfen Gift wären mir besser bekommen als derartige Tröstungen, und es ging weder um morgen noch um diesen Abend, sondern um ein *Jetzt*, das mich tötete.

Endlich sah ich sie aus dem Haus kommen. Ohne meine Gegenwart auch nur zu ahnen, überquerte sie die Straße und kam auf mich zu. Ich stand auf, und sie erkannte mich. Das Reden war nie meine Stärke; ich geriet auf lächerliche Weise ins Stammeln, was ihr Unbehagen noch verstärkte. Sie wollte auf der Stelle wieder gehen; ihre Eltern waren vom Meer zurückgekehrt, wo sie die Osterferien verbracht hatten; sie hätten uns sehen können. Ich war geistesgegenwärtig genug, einen Wagen herbeizuwinken.

Ich erinnere mich, daß sie einen Ledermantel trug, wie er nach dem Krieg bei den Frauen in Mode gekommen war. Dieses Kleidungsstück veränderte sie, ohne daß ich mir erklären kann, worin. Sie erschien mir weniger schön und zugleich näher. Der Geruch des Leders vermischte sich mit dem Bild, das ich von ihr hatte, ich betrachtete sie nicht mehr mit den gleichen Augen. Ihre Schönheit hatte etwas weniger Zerbrechliches und Seltenes, das ich nicht wiedererkannte. Doch ich trauerte nicht um das Gespenst, das mich beim ersten Mal verzaubert hatte. Im Gegenteil: der Gedanke, mich von einer Sehnsucht befreit zu sehen, ließ mein Herz höher schlagen, und zugleich wurde jene Sehnsucht von einer anderen, stärkeren ersetzt.

Mehrere Minuten lang blieb sie starr und grämlich; dann, als sie mein Schweigen nicht mehr ertrug, begann sie mir meine Leichtfertigkeit vorzuwerfen, wie sie es nannte, aber ich spürte, daß sie ihren Worten selber nicht glaubte und sie nur der Form halber gebrauchte. Und plötzlich, in einem Anfall von Kummer, brach sie in Tränen aus. Fast unwillkürlich legte ich meinen Arm um sie, eine Gebärde, die mich als ersten überraschte, weniger ihrer Kühnheit, sondern des schwachen Vergnügens wegen, welches sie mir bescherte. Hätte man mir am Tag zuvor gesagt, es würde mir vergönnt, sie auszuführen – welche Freude hätte mich ergriffen!

Es kostete mich wenig, ihr das Geständnis ihres Unglücks zu entlocken. Ich merkte, daß sie ein ziemlich armseliges Wesen war. Bedrückte sie etwas, so hätte sie sich an den ersten besten gewendet, um sich zu erleichtern. Remy liebte sie nicht mehr. Ach, ich verstand fast die Gleichgültigkeit dieses Burschen, als ich sah, wie sie ohne Scham vor mir ihre Tränen vergoß. Die Idee der Schönheit ist für mich unzertrennlich verbunden mit jener der Kraft, und ihre feinen und reinen Züge durch solch eine Schwäche entehrt zu sehen, gab mir eine Empfindung von Schuld. Dazu hätte ein gewöhnlicheres Gesicht gepaßt.

»Er ist so hart«, wimmerte sie. »Es ist, als ob er es mir nachträgt, mich geliebt zu haben. Er hat Sie nur kommen lassen, um mich zu demütigen.«

Ich tat, als verstünde ich nicht, damit sie mit Einzelheiten herausrückte; denn einerseits entfernte mich ihre Erzählung von ihr, andererseits nahm sie mich auch gefangen. Sie gab mir, ohne daß sie es wußte, die Freiheit zurück; ich atmete auf. Mit erstickter Stimme vertraute sie mir an, Remy behandle sie mit einer Grausamkeit, die sie im übrigen nur noch fester an ihn binde. Ich weiß nicht, was sie dazu brachte, mir dergleichen zu bekennen. Es war, als sei sie darauf aus, die damalige Demütigung noch zu vergrößern und sich vor dem, der sie so erniedrigt gesehen hatte, noch tiefer zu erniedrigen. Von Zeit zu Zeit fuhr sie sich mit dem Taschentuch an die Zähne, als wolle sie es zerbeißen, eine Geste, bei der, glaube ich, ein bißchen Künstlichkeit im Spiel war.

Ich ahnte, daß jene Trennungsszene, welche so schrecklich begonnen hatte, anders, weit weniger unangenehm zu Ende gegangen war. Remy hatte mich nur zurückgehalten, um das arme Mädchen zu bekümmern. Sie und ich, wir dienten nur der ausgefallenen Begierde dieses jungen Tyrannen. Mein Weggehen hatte ihn enttäuscht, und ich brauchte mich nur seines Blicks im Vorraum zu entsinnen, um mir die Ausschweifungen vorzustellen, die dem gefolgt sein mußten.

Sie verstummte. Ich fühlte mich zu dieser Frau hingezogen mit derselben Gewalt, die mich von ihr entfernt hatte. Es gab keinen Übergang auf dem Weg von der äußersten Gleichgültigkeit hin zu einer mir kaum begreiflichen Angst. Ich beharrte darauf, zu erfahren, wie lange sie nach meinem Weggehen zusammengeblieben waren, und schamlos, wie ich war, den Ablauf der besagten zwei langen Stunden kennenzulernen. In dem kleinen Spiegel, der unsere Gesichter zurückwarf, sah sie mich erblassen und hielt mich für eifersüchtig. Ich war es wirklich, aber nicht auf Remy, sondern auf sie. Wenn ihre Schönheit mich zuerst überrascht und dann eine Zeitlang durcheinandergebracht hatte – wie sehr berückte mich heute die Häßlichkeit meines Rivalen! Warum, wenn nicht, um mich ihm zu nähern, befand ich mich neben ihr?

Ihre Tränen trockneten. Ich sah ihrem Blick an, daß sie vorhatte, sich meiner zu bedienen. Lächerliche Koketterien ersetzten nun die Bescheidenheit der letzten Stunde. Sie zögerte bei jeder Antwort und fragte sich, wie sie sich nur auf solche Vertraulichkeiten hatte einlassen können. Durch diese Dummheit geriet ich außer mich. In einer Bewegung unbezähmbarer Wut packte ich sie am Handgelenk und schüttelte es:

»Sprich schon«, sagte ich.

Ein solcher Zornesausbruch verängstigte sie, und sie begann zu stottern. Ich ließ ihren Arm los oder stieß ihn vielmehr zurück, mit der gleichen Heftigkeit, mit der ich ihn ergriffen hatte.

Mit düsterer Miene drückte ich mich in die Wagenecke. Wie sich zeigte, hatte ich damit, ohne es zu wissen, das Richtige getan. Ein paar Augenblicke später tastete Andrée mit ihren Fingern nach den meinen und antwortete mit tonloser Stimme auf meine Fragen. Damals lernte ich ein einzigartiges Vergnügen kennen, welches in der Folge noch öfter wiederkehrte: jede Antwort, die ich erhielt, fügte mir eine neue Pein zu, doch ich ergötzte mich daran wie an der seltensten der Wonnen. Wer nie eifersüchtig gewesen ist, wird von dem, was ich sagen will, kein Wort verstehen. Ich erlebte jetzt neu die schmerzhaften Momente jenes Tages im Stiegenhaus, freilich verwandelt in seltsame, bittere Genüsse. Was dieser so rein gezeichnete Mund mir beschrieb, das hatte ich gesehen; meine Phantasie hatte mich nicht getäuscht.

Sie sprach so leise und schnell, daß ich den Kopf senkte, um sie besser zu verstehen; es war, als lauschte ich dem Selbstgespräch einer Schlafwandlerin. Im Spiegel erschien sie mir bleicher, und ihre Finger umklammerten die meinen mit ganzer Kraft. Sie hatte keine Augen mehr für mich. Ihr Blick war befangen in einer Halluzination. Für sie galt nur noch der Moment, unter dessen Erinnerung sie zitterte. Mit meiner freien Hand packte ich ihre Schulter; ihr Lederkleid fühlte sich in meiner Handfläche an wie eine lebendige Haut. Ich horchte auf jenes gleichmäßige Gemurmel, das zu mir aufstieg und mich umgab.

Dann war es, als schlösse sich von neuem eine jähe Nacht um mich, und ich glaubte, ich würde das Bewußtsein verlieren. Auf einmal geriet ich in einen unwiderstehlichen Bann, und mit meinen Lippen auf den ihren erstickte ich die Worte, die mir das Herz zerrissen.

Nichts ist so geheimnisvoll wie der Gang einer Leidenschaft in einem unerfahrenen Herzen. Bisweilen scheint sie sich zu verlieren und zu verschwinden, aber sie gehorcht einem Schicksal, und ihr Weg ist vorgegeben. Auch ein schärferer Blick als der meine hätte sich über meinen Fall vielleicht getäuscht. Daher habe ich mir vorgenommen, allein ein paar Fakten zu notieren, ohne Erklärungen. Der Boden unter meinen Füßen kann davon nur fester werden.

Dem Abenteuer, das ich gerade erzählt habe, folgte eine Periode der Ruhe. Es war, als habe jener so mühelos verwirklichte Kuß schon meinen Hunger gestillt. Ich war nicht darauf aus, Andrée wiederzusehen, und die Erinnerung an sie behelligte mich kaum. Und doch war ich enttäuscht. Es konnte nicht sein, daß das Leben nicht auch noch *etwas anderes* war. Ich vermißte weniger meine teilnahmslose Vergangenheit als das Erwachen meiner Sinne und den ersten Blick in ein Neuland. Auf der Schwelle zur unerforschten Welt strahlten die Statuen der Götter, und ich glaubte zwischen uns einen Pakt geschlossen; und zugleich erschienen sie mir als Garanten für ein Leben der üppigsten Freuden. Nun, da die ersten Schritte getan waren – was hätte ich nicht alles auf mich genommen, um kehrtzumachen und meine Reise auf eine andere Weise zu beginnen? Im Augenblick war ich ruhig; jedenfalls fiel ich auf meine Gleichgültigkeit vor dem Fleischlichen nicht herein; ich wünschte nur, dieser glückliche Zustand möge noch ein wenig andauern, so lange, bis die Fehler des Anfangs vergessen wären.

Meine Lust am Lernen kehrte zurück. Der Zauber

der Bücher ergriff mich von neuem. Die Namen, welche ich in meiner schrecklichen Nachteinsamkeit einen Moment zuvor halblaut vor mich hin gesprochen hatte: ich wollte mich nicht mehr an sie erinnern. Meine jetzige Keuschheit löschte das alles aus, wie besorgt ich auch war für die Zukunft.

Die Besänftigung zahlte sich aus. Ich wollte den Gelegenheiten zu leiden aus dem Wege gehen und insbesondere meinen Stolz wahren; nicht mehr einer unerreichbaren Beute nachjagen, nicht mehr von unzugänglichen Gesichtern träumen, sondern die mir eigene Sehnsucht erforschen und für sie einen ihrer würdigen Gegenstand finden. Ich dachte nach mit kühlem Herzen. Aber wußte ich überhaupt, was ich wollte? Was begriff ich von meinen Gefühlen für Andrée? Nur ein Ziel leitete mich: ich sehnte mich leidenschaftlich danach, mich kennenzulernen.

In der Schule, die ich wieder täglich besuchte, war es unmöglich, Remy nicht zu sehen. Er kam mir entgegen, und seine Augen belauerten die meinen, als wolle er mich in einer Sekunde der Unachtsamkeit bei Gedanken überraschen, die ich ihm verschwieg. Seine Neugier mir gegenüber wurde tatsächlich immer größer; obwohl wir in stillschweigender Übereinkunft kein Wort über das Abenteuer wechselten, bei dem ich eine so groteske Rolle gespielt hatte, spürte ich, daß es im Grunde um nichts anderes ging. Wir waren in einem Alter, in dem alles schwierig ist. Doch während mir das Spiel des Verschweigens gefiel, weil ich beinahe ruhig war, ahnte ich bei Remy, wie ihm die Leidenschaft zusetzte. Er verlor viel von seinem Dünkel. Mir gegenüber jedenfalls wurde er verbindlicher. Man hätte meinen können, er wolle gewisse Bilder vergessen machen. Aber nein, so war es nicht.

Eine instinktive Vorsicht hielt mich freilich davon ab, ein Geheimnis zu vertiefen, dessen Vorhandensein mir nur zu spürbar blieb; denn eine unerklärliche Furcht warnte mich vor einer Gefahr, und oft, wenn Remy sich von mir entfernte, spürte ich Erleichterung. Andererseits wurde meine Eitelkeit so groß, daß ihr jeder Nährstoff recht war, und diesen zu jedem anderen so groben Burschen sanft werden zu sehen, nur um mit mir zu reden, machte mir Vergnügen. Dabei brachte er mir nicht mehr Freundschaft entgegen als anderen – zwar milderte er den Ton seiner Stimme und lächelte, wenn er mir die Hand gab, doch der starre und harte Blick, mit dem er mir dabei in die Augen sah, verriet ihn. Es war, als käme er in solchen Momenten wider Willen einem Befehl nach. Ich wußte nicht, was er von mir wollte; ich verstand nur, daß, seit er mich von seinen Beziehungen zu Andrée unterrichtet hatte, zwischen uns beiden eine Bindung bestand. Vielleicht verdächtigte er mich, der Liebhaber dieser Frau zu sein, und es war bloße Eifersucht, die ihn mir zutrieb, in der Hoffnung auf ein Geständnis; sein Hochmut hätte ihm nie erlaubt, mir eine direkte Frage zu stellen, und er erwartete sicher, ich würde von mir aus alles bekennen. Aber, so dachte ich dabei mit der Naivität jener Altersstufe, wie ist es denn möglich, eifersüchtig zu sein auf eine Frau, die man nicht liebt?

In Wirklichkeit dachte ich über das alles weniger nach, als daß ich davon träumte. Mir schien, als nähere sich mir mit Remy eine Welt der Gelüste und der Traurigkeit und belauere mich. Ich wandte mich davon ab, um mich besser davor zu schützen. Die ersten Tage des Sommers waren nicht mehr fern; gegen Abend packten mich Anfälle von Schwermut, wenn ich den Himmel hinter den Knospen der Bäume sich röten sah; ich empfand die Süße der Luft und jenes Zarte, Sehnsüchtige, das der Frühling mit sich bringt. Ohne mir dessen bewußt zu sein, war ich davon angesteckt und verändert. In einem jähen Widerwillen vor dem Lernen glitten mir die Bücher aus den Händen, und die Langeweile begann ihre trübselige Ohrenbläserei.

Jene Jahre, die als solche des Glücks und der Sorglosigkeit angesehen werden, sind manchmal gerade die, in denen man das Gewicht des Lebens am härtesten spürt. Ich begegnete den Versuchungen kraftlos und entdeckte, daß ich trotz meiner gelegentlichen Kälte und meinen Anwandlungen von Widerstand schwach und sinnlich war. Meine Laune verdüsterte sich. Ich floh und suchte die Einsamkeit gleich einem Verrückten, der mit dem Grauen und der Lust, sich hineinzustürzen, einen Abgrund umkreist. Das *Ne nos inducas* der Christen wäre in keinem Mund sinnvoller gewesen als in meinem, hätte ich mich nur, ohne über mich selber zu lachen, auf die Knie werfen und diese Worte aussprechen können.

Wie trist war doch das Eßzimmer, wo ich meine Lektionen lernte! Durch das offene Fenster sah ich die blühenden Kastanienkronen und weiter weg, über den Hausdächern, weiße und graue Rauchschwaden, welche wie große Federn himmelwärts zogen. Wenn ich mich ein bißchen zur Seite lehnte, erblickte ich den Eingang zum Museum, und der Lärm der Wagen drang unaufhörlich an meine Ohren. Die Welt war voll von Leuten, die ihren Weg wußten, die einen hierhin, die andern dorthin. Wo, in diesem System aus Sorgen und Freuden, war mein Platz? Ich empfand mich als das reichste und zugleich nutzloseste der Wesen. Wie war es nur möglich, daß Menschen bereit waren, zum Beispiel stundenlang die leeren Säle des Luxembourg zu bewachen, oder im Senat vor sich hin zu dösen, oder in einem Ladenkontor Rechnungen zu schreiben? Was besagte diese Ordnung, die das Leben abtötete? Denn allein die Tatsache »Leben« ist bedrückend, und man gewöhnt sich daran wohl nur, indem man sich mit idiotischen Beschäftigungen überhäuft. Ich aber war von meinem bloßen Dasein erschöpft.

Wie früher suchte ich die Plätze auf, wo mir das Leben anders erschien: wo ich vergaß, daß ich ein Zimmer an der Ecke der Rue Férou hatte und eine lästige Mutter und daß ich in meinen Gedanken und fixen Ideen eingekerkert war wie in einem Gefängnis.

Das dunkle Bedürfnis, mich zu befreien, führte mich an einen seltsamen Ort, welcher weder ganz dem Traum noch ganz der uns bekannten Wirklichkeit anzugehören schien. Wenn ich mich recht erinnere, war es an der Ecke einer Straße, die zum Champ-de-Mars hinausgeht. Jeden Tag kamen da Hunderte von Leuten vorbei und sahen wohl nichts als ein weitläufiges, unvollendetes Gebäude, wo mein Blick eine andere Welt entdeckte. Ein fertig gebautes Haus ist ziemlich uninteressant. Es gleicht nun Tausenden menschlicher Wohnungen; es ist, als eile es ihm, seinen Anteil an langweiligen Schicksalen aufzunehmen, und die an seinem First flatternde Flagge bezeichnet in meinen Augen den Sieg des

Banalen. Doch es gibt vielleicht einen Tag oder nur eine Stunde, da der Haufen aus Steinen und Holz eine mysteriöse Vollkommenheit erlangt. Die Fundamente stehen, und langsam steigt das erste Stockwerk; zwischen beiden erstreckt sich, im Halbschatten, eine ungewisse Region. Das Auge kann nichts erkennen. Man weiß nicht, wo man ist, und trotz des Straßenlärms, der einen umgibt, wird aus jenem Raum der ausgewählte Ort, an dem sich das Leben verwandelt.

Die Arbeiten, kurz vor dem Krieg begonnen, waren im rechten Moment abgebrochen worden. Damit will ich sagen, daß die gewaltige aufgelassene Baustelle jenen *unmenschlichen* Zug hatte, bei dessen Anblick ich überall, wo ich ihm begegnet bin, Herzklopfen bekam. In ihrem vorläufigen Zustand war sie niemandem von Nutzen, und vielleicht war es das, was mich an ihr reizte. Fertiggestellt, durchbrochen mit Fenstern, gekrönt mit einem Dach, hätte sie mir nicht mehr gefallen, in ihrer Sinnlosigkeit aber liebte ich sie. Sie ließ sich nicht beschreiben; denn da sie keine endgültige Form hatte, entzog sie sich jeglicher Logik. Holzzäune schützten sie auf zwei Seiten und trennten sie von der Straße; aber über das verwilderte Gelände, welches sie im Norden säumte, hatte ich einen leichten Zugang. Manchmal betrat ich die Baustelle gegen Abend und trieb mich zwischen den großen Steinblöcken herum, die in den Regengüssen von vier Jahren – das Wasser drang durch die verrutschten Bretter – allmählich schwarz wurden. Im Boden faulten die schweren Planken; ich ging von einer zur andern und berührte sie. In einem bestimmten Winkel und im schwindenden Licht schienen sie regellos eingepflockt und erinnerten mich an die Bäume eines Waldes, dessen Blätter und Äste in der Nacht verschwunden waren, und ich verlor mich zwischen ihnen und setzte mich zu ihren Füßen. Wenn ich aber den Blickwinkel fand, unter dem ich ihre Symmetrie erfaßte, so glaubte ich mich in einem jener kretischen Paläste, wo Könige mit Axthieben ihre Familie niedergemacht hatten.

Mit diesen Einbildungen beschäftigt, empfand ich keinerlei Traurigkeit mehr beim Anflug der Erinnerungen. Eine Art magischer Zustand gab meinen Träumen das Gewicht wirklicher Dinge, und die Qualen, die mir das Herz zerrissen hatten, erschienen mir nun als ein Alp, aus dem ich erwachte. Endlich entkam ich dem Treiben. Mochte ich auch das Scharren seiner Schritte auf dem Gehsteig und sein Stimmengewirr hinter dem Holzzaun hören – im Zentrum all des Rumorens befand sich eine Zone der Stille, wo ich allein und frei war.

Die Angst vor dem Kommenden ergriff mich,

wenn ich wieder zu Hause war. Aus Feigheit vermied ich es, an die zahllosen Probleme zu denken, die auf mich warteten: wovon würde ich leben, wenn die Mittel meiner Mutter erschöpft wären, was nicht mehr lange dauern konnte? Welchen Beruf sollte ich wählen, falls ich bei den Prüfungen durchfiele? Am Ende eines jeden Tages hatte ich das Gefühl, unschätzbare Stunden vergeudet zu haben. Oft würgte mich eine Art Panik: ich trüge durch meine Trägheit selber zu meinem Unglück bei. Dabei hatte ich doch noch einen Monat bis zur Prüfung. Warum nutzte ich diese Zeit nicht, meine Hefte wiederzulesen? Ein einziger, zufälliger Blick auf irgendeine Seite stoppte solch gute Regung jedoch auf der Stelle. Erst war ich außer mir, dann wurde ich ruhiger oder gewöhnte mich an meine Beunruhigung, schaltete wie zum Trotz das Licht aus und schlief ein.

Der Juni jenes Jahres war heißer als sonst. Meine Mutter, die schon der kürzeste Weg erschöpfte, ging jetzt nur noch zum Einkaufen aus dem Haus und verbrachte den ganzen Nachmittag im Eßzimmer. Ich sah sie beim Fenster sitzen, wo sie sich mit einer Zeitung Luft zufächelte. Ihr Blick blieb nirgends haften und schien nach innen, auf irgendein trübseliges Schauspiel gekehrt. Was bedeuteten ihr der feuerfarbene Himmel, die von Gesängen erfüllten

Bäume? Der kleinste Hauch entfaltete die weißen und roten Kastanienblüten. Bekam sie etwas davon mit? Um mich nicht zu stören, schwieg sie stundenlang und rührte sich nicht von der Stelle. Was mich betraf, so saß ich am Tisch, ein wenig hinter ihrem Stuhl. Jähe Anfälle von Traurigkeit ließen mich die Fäuste an die Augen führen, als könnte ich damit im Hirn die Gedanken auslöschen. So gut ich es vermochte, erstickte ich die Seufzer meiner achtzehn Jahre. An einem so milden Vorabend mußte doch die ganze Erde glücklich sein! Da gab es lichtdurchflutete Buchten, wo Leute in unbekannten Sprachen redeten und schrien, Wälder, schwärzer und frischer als die Nacht, in denen kein einziges Blatt zitterte, und all das weit weg von hier, von diesem kleinen, häßlichen, ärmlichen Raum, und weit weg von dieser verzweifelten Frau, die mit einer Zeitung fuchtelte.

Mein Pessimismus hatte ganz andere Ereignisse erwartet als jenes, das ein paar Tage später eintrat. Meine Mutter starb. Ein Herzanfall streckte sie eines Morgens nieder, auf dem Treppenabsatz unserer Etage. Sie kam gerade vom Markt zurück, und die Früchte, die sie gekauft hatte, rollten aus ihrer Tasche über die Stufen. Ich fand ihren Körper, als ich von der Schule heimkam. Dieser Anblick des Grauens wird mich mein Leben lang verfolgen. Ich rief Nachbarn herbei und hatte erst einmal die Mitleidsbekundungen der Leute zu ertragen. Dann mußte dieses leblose, schwere Fleisch berührt, aufgehoben und zu seinem Bett gebracht werden. In dem kleinen Zimmer voller Menschen, wo das Licht über der Toten zu kreisen schien, knickten mir plötzlich die Beine ein, und ich fiel bewußtlos zu Boden.

Am Abend war ich mit meiner Mutter allein. Ich hatte meinen Onkel benachrichtigt, und wir waren übereingekommen, abwechselnd an dem Leichnam zu wachen, erst ich und dann er während jener allerschrecklichsten Stunden des Morgengrauens. Ich saß an einem Fenster und schaute zu, wie der Himmel dunkel wurde. Ein ungeheurer Ekel hielt mich ab von dem Bett, wo ich ein paar unkenntliche Formen unterschied. Die Kerzenflamme brannte in der stehenden Luft vollkommen aufrecht; aus Ängstlichkeit hatte ich zusätzlich eine Petroleumlampe angezündet.

Um den abergläubischen Befürchtungen, die mich bestürmten, nicht nachzugeben, versuchte ich mich durch Lesen zu zerstreuen, doch in dergleichen Umständen wird die Nichtigkeit der meisten Bücher offenbar. Ich wartete auf einen Satz, ein Zauberwort, das mich von mir selber befreit hätte, aber auch die Seiten, die als die schönsten gelten, vermochten nichts gegen das Grauen angesichts des Kadavers der armen Frau.

Ein- oder zweimal nahm ich die Lampe und setzte mich in das Eßzimmer. Seltsamerweise freilich machte dieser Raum mich noch unruhiger als die Totenkammer, denn ich bildete mir ein, hinter der Wand öffne meine Mutter die Augen und schaue auf meinen leeren Stuhl. Indem ich bedachte, wie unbedeutend sie im Leben gewesen war, staunte ich über den Wert, den sie nun, allein durch die Tatsache, daß sie tot war, in meinen Augen bekam. Deshalb näherte ich mich ängstlich ihrem Bett und beobachtete sie. Immer noch trug sie die wilde und schreckliche Maske, welche der Tod ihr angelegt hatte. War das denn meine Mutter? Ich nahm es mir in diesem Augenblick übel, nicht die verlangten Gefühle zu haben. Mochte ich auch halblaut wiederholen: »Mama ist da, sie ist tot« – diese Worte störten mich nur und blieben ohne Wirkung auf mein Herz.

Um meine Angst zu bezähmen, tat ich, was mir am schwersten fiel: ich kehrte dem Leichnam den Rücken, durchquerte das Zimmer und stützte mich auf die Fensterbank. Die Straßengeräusche verbanden mich wieder mit dem Leben, einem banalen Leben, das mir jetzt beneidenswert erschien. Jene Passanten, die ich da unter der Gaslaterne sah, an der Straßenecke, wohin anders konnten sie unterwegs sein als zum Abendessen, zum Stelldichein? Ich war sicher, einige von ihnen hatten kein anderes

Ziel als eine Begegnung, wo sie sich ihrer Leidenschaft hingeben konnten.

Zwischendurch blieb die Straße mehrere Minuten lang leer, und mein Herz zog sich zusammen, denn in diesen Intervallen der Stille wuchs meine Angst. Dann näherte sich der gelassene Schritt eines Spaziergängers aus der Tiefe der Nacht und beruhigte mich. Ich fragte mich, wie lange ich es da aushalten könnte. Es kamen mir jämmerliche und fast komische Vorstellungen. Wer konnte sagen, ob meine Mutter mich nicht gerade ansah? Natürlich: ich brauchte mich nur umzudrehen, um mich zu vergewissern, daß ihre Augen geschlossen waren – aber wer hat je genau wissen können, was in seinem Rücken vor sich geht?

Besser, sich an das Bettende zu setzen und bei der Toten zu wachen. Und das tat ich auch. Ich nahm, absichtlich ohne hinzuschauen, ein Buch aus einem Regal und setzte mich in einen Sessel. Der Zufall wollte, daß ich in *Manon Lascaut* blätterte. Aus unentwirrbaren Gründen erschien dieser Text mir fürchterlich. Es war, als würden die Sätze, die ich überflog, von dem Körper meiner Mutter der Lächerlichkeit preisgegeben – als spräche dieses entseelte Fleisch über das Glück, von welchem in diesem Buch die Rede ist, über jene Frau »mit den schönen und schmachtenden Augen, der göttlichen

Haltung, dem Teint der Liebesbereitschaft«. Das Gesicht, das ich aus den Augenwinkeln überwachte, bot einen gar zu beredten Kommentar zu meiner Lektüre, und ich glaube, es war diese Stelle, die mir den Band aus den Händen gleiten ließ.

Eine knappe halbe Stunde war vergangen, seit man mich mit meiner Mutter allein gelassen hatte. Da begriff ich, daß der Verlauf des restlichen Abends davon abhinge, mit welcher Natürlichkeit ich gewisse Gesten vollführte. So kam es darauf an, vor mir selber das Schauspiel eines gefaßten Menschen zu geben; meine innere Ruhe hing davon ab. Eine bestürzte Miene, zu hastige Bewegungen – und ich würde auf der Stelle zum Opfer des Schreckens, der auf mich lauerte. Ich spielte mit meinem Grauen wie mit einer Bestie, die man einschüchtern will, hob das Buch auf und stellte es zurück ins Regal.

Beim Anblick eines Möbelstücks, in dem meine Mutter ihre Papiere aufzuheben pflegte, kam mir die Idee, dort Ordnung zu schaffen, das heißt, den Wust der Erinnerungen zu vernichten, die einzig für sie einen Sinn gehabt hatten. Tatsächlich stieß ich auf zwanzig Jahre alte Briefe, Theaterprogramme, Quittungen aus der Zeit vor meiner Geburt. All das wurde zerrissen und zuhauf in einen Korb geworfen.

In einer anderen Lade fand ich fast sechzig Familienphotos, deren Existenz ich vergessen hatte.

Yasunari Kawabata
Schönheit und Trauer

Mehr als zwanzig Jahre nachdem Toshio Oki seine Geliebte Otoko verlassen hat, erhofft er sich ein Wiedersehen. Otoko, inzwischen eine berühmte Malerin, lebt mit ihrer schönen Freundin Keiko zusammen, die den lange zurückliegenden Verrat auf grausame Weise rächt.

236 Seiten. Leinen

Julien Green
Der andere Schlaf

›Der andere Schlaf‹ erzählt mit meisterhaftem psychologischen Einfühlungsvermögen die Geschichte einer Knabenliebe. Der Roman ist zugleich ein poetisches Schlüsselbuch für Julien Greens Werk.

120 Seiten. Leinen

Danilo Kiš
Sanduhr

Mit kriminalromanhafter Spannung erzählt Kiš die Geschichte seines Vaters. Die FRANKFURTER RUNDSCHAU prophezeit dem jugoslawischen Autor eine Entdeckung ähnlich der, wie sie Milan Kundera vor wenigen Jahren erfahren hat.

224 Seiten. Leinen

Albert Drach
Unsentimentale Reise

In dem unnachahmlichen ironischen Ton, der ihn berühmt gemacht hat, schildert Albert Drach seine Odyssee durch Frankreich in den Jahren 1942–1944 auf der Flucht vor der Gestapo. »Ein erzählerisches Meisterwerk« rühmte die STUTTGARTER ZEITUNG Drachs Buch.

368 Seiten. Leinen

Diese Entdeckung erschien mir als ein Glücksfall, und um ihn besser zu genießen, schob ich meinen Sessel hin zur Kommode. Nichts konnte mich besser ablenken, denn die Aufnahmen erzählten von mir, von meiner Kindheit, von einer ganzen Epoche meines Lebens, die nun zu Ende ging. Die Sehnsucht, ein Tag möge vorbei sein, damit ich einen neuen beginnen könnte, wird mich sicher bis zu meiner letzten Stunde begleiten, doch in jener Nacht hatte ich das Gefühl, daß sich mit dem Tod meiner Mutter noch vieles andere in nichts auflöste. Der Tod brach die Verbindungen ab zu der Welt, die man Familie nennt. Allein zu sein, hieß, frei zu sein. Schon mein Vater hatte jenen Teil von mir mit sich genommen, welcher uns einte. Mit meiner Mutter verschwand das übrige. Nie mehr würde ich meine Stimme aus dem Mund einer anderen hören, nie mehr Hände, die nicht die meinen waren, meine Gesten ausführen sehen, und auch nie mehr dem eigenen Blick in den Augen meiner Mutter wie aus der Tiefe eines Spiegels begegnen. Jene Nacht erlöste mich von meiner Abhängigkeit. Mein Körper, meine Seele gehörten endlich mir. Ich war nun der einzige, der diese Gesichtszüge hatte, die rotbraunen, beweglichen Augen, den Haaransatz tief in der Stirn. Ich teilte mit niemand mehr etwas, weder mein Aussehen, noch meinen Ausdruck, noch meine Gedanken.

Wenn ich mich recht erinnere, hatte ich, während mir das alles durch den Kopf ging, eine Photographie meiner Mutter in der Hand. Das vergilbte Bild zeigte sie in ihrem Hochzeitskleid, fast drei Jahre vor meiner Geburt. Glücklich und schüchtern neigte sie den Kopf ein wenig nach links, wie ich, in Augenblicken der Unschlüssigkeit oder der Verwirrung, wie ich . . . Welche Sohnesliebe hätte den Zorn überwinden können, der mich plötzlich ergriff? Vor dieser Haltung, die mir meine Mutter zurückgab, sie lebendiger machte, als sie mir jemals erschienen war, hatte ich den unerhörten Eindruck von Verspottung. Ja, durch eine absurde Umkehrung der Tatsachen kam es mir vor, als äffte diese Frau mich nach. Das Porträt zitterte kurz vor meinen Augen, und von einem Moment zum andern zerriß ich es.

Diese Geste ließ mich zusammenschrecken – als hätte ich meine Mutter damit aus dem Schlaf geholt. Ich wagte nicht, mich umzudrehen, und in einem seltsamen Impuls nahm ich die anderen Porträts und zerstückelte sie. Ein einziges nur verschonte ich und steckte es ein.

Mein Onkel Emile kam früher als verabredet und weckte mich; denn von den Gefühlen ermattet, war ich in meinem Sessel eingeschlafen, nachdem ich die Überbleibsel der Photos und Briefe verbrannt hatte. Ich blieb eine Zeitlang verstört; jäh aus einem finsteren Traum gerissen, erschien mir die Welt noch schauriger als zuvor. Ich erblickte den Leichnam auf dem Bett, und in einem Anfall von Hoffnungslosigkeit dachte ich, das strenge und verzweifelte Gesicht meiner Mutter sei vielleicht zugleich das Gesicht der Zeiten, die mich erwarteten.

»Schau sie nicht so an«, sagte mein Onkel.

Er setzte sich so, daß er mir den Blick auf das Bett verstellte, und nahm meine Hand. Seine Augen lächelten mir zu wie früher. Im Älterwerden hatten seine Wangen Runzeln bekommen, und sein Bart war weiß geworden, doch sein Gesicht war nicht verfallen, und als ich die schwarzen Pupillen sah, war mir auf einmal, als lebe meine Kindheit wieder auf. Trotzdem hielt mich mein Stolz zurück, meinen Onkel zu umarmen; denn ich wußte, daß ich ihn im Grund nicht mehr sehr gern hatte, und ich wollte ihn nicht belügen. Aber er war in dem Moment gekommen, als ich ihn brauchte.

»Bleib nicht hier«, sagte er. »Geh an die Luft und komm in einer Stunde zurück.«

Ich war mit Freuden einverstanden. Dieses Zimmer verlassen, hieß, neu zu leben anfangen. Gleich darauf spazierte ich in der Nähe des Luxembourg umher. Berauscht von der Kühle, in dem gleichen Maß fröhlich, wie ich zuvor traurig gewesen war, wußte ich nichts mit mir und meiner freien Stunde anzufangen. Ich ging von Straße zu Straße. Manchmal, wie niedergeschmettert vom Gewicht meines Glücks, ließ ich mich auf eine Bank fallen. Es war etwa Mitternacht, und dieser Teil der Stadt war verlassen. In einer jähen Anwandlung nahm ich die Métro. An der École militaire stieg ich aus.

Nur selten durchquerte ein Fußgänger die Parkanlagen des Champ-de-Mars. Rasch war ich an der Ecke der Avenue, wo sich das unvollendete Bauwerk befand, und schlüpfte ungesehen, wie ich glaube, durch eine ziemlich breite Lücke im Bretterzaun. Die Nacht war klar. Ein hartes und starkes Licht drang bis ins Innere des Gebäudes und warf auf den festgestampften Boden einen großen fahlen Fleck, der aussah wie Wasser. Rund um diesen Fleck warfen die Planken ihre Schatten wie die Speichen eines Rades rund um die Achse. Ich streckte mich auf der Erde aus und geriet ins Träumen. Noch nie hatte ich wie jetzt hier das Vergnügen ausgekostet, fern von der Welt zu sein. Über mir sah ich durch die gekreuzten Balken in dem schwarzen Himmel sanfte Sterne erglänzen und stellte mir vor, sie wüßten von meiner Anwesenheit und wollten mir wohl.

Eine Erinnerung gab die nächste; doch während mir das an anderen Orten vielleicht schmerzlich gewesen wäre, verschwand hier, unter diesen Balken und in diesem Schatten, jede Traurigkeit. Die Ereignisse der letzten Monate erschienen mir unwirklich. Nur diese Minute zählte. Leiden in der Vergangenheit, ist das möglich? Nein. Also war ich glücklich.

Es ist eine meiner Besonderheiten, daß gewisse Wirklichkeiten mir als *wahr* nur erscheinen, wenn die Phantasie sie vergrößert. So nahmen in der seltsamen Umgebung, die ich mir ausgesucht hatte, die meine Einsamkeit bevölkernden Gestalten gewaltige Ausmaße an, wie um dadurch erst die Wahrheit ihrer Existenz zu bekräftigen. Die Erinnerung zeigte mir meine Eltern plötzlich an einem Leichenbankett, irgendwo in den Tiefen der Nacht, mein Vater mit einem schwarzen Loch in der Schläfe, meine Mutter mit den geschlossenen Augen einer Schlafwandlerin. Es sah so aus, als führten ihre Hände Speisen zum Mund, und ich sah meinen Vater mit einer nicht enden wollenden Geste meiner Mutter das Salz reichen. Eine solche Feierlichkeit drückten sie aus, daß man sie für Götter hätte halten können, wäre mir nicht bewußt gewesen, daß dieses Schauspiel mir zugedacht war, als Beweis und Verbildlichung ihres Todes.

Es kostete mich Anstrengung, mich von einer derart bizarren und auch erschreckenden Szene abzulenken; denn die Macht der Halluzination ist bei mir so groß, daß die eingebildete Sache, kaum habe ich mich auf ihre Aura eingelassen, aufhört, bloße Erscheinung zu sein, und alle Eigenschaften der Wirklichkeit annimmt. In solch einem Fall würde die Berührung dessen, was ich sehe, zu meiner Illusion, welche vollkommen ist, nichts hinzufügen.

Diese Sehergabe wird mir zugeteilt, dann entzogen, dann wiedergegeben, ohne daß ich wüßte, warum. Manchmal vergehen Jahre, ohne daß ich sie ausüben könnte – dann endlich kommt ein Tag, da ich in einem günstigen Augenblick und an einem günstigen Ort jene besondere Fähigkeit wiederfinde, leibhaftig vor mir zu sehen, was andre sich undeutlich vorstellen müssen.

Im allgemeinen erleben wir derartige Bilder nur in den Träumen. So nichtig sie auch sind – wir glauben daran, solange sie andauern; doch wenn dieses Phänomen im Wachzustand eintritt, wird es immer einen Teil von uns geben, welcher abweist, was unsere Augen wahrnehmen, denn sonst kommt unser ganzes inneres Gleichgewicht ins Schwanken und bricht auseinander, und die Vernunft hat in einem Hirn, das die ausgefallenen Traumbilder für wahr hält, nichts mehr zu schaffen.

Da ich an Visionen nicht glauben konnte, empfand ich die Notwendigkeit, sie vor mir selber zu erklären. Konnte es sein, daß sie die Bekräftigung wirklicher Ereignisse waren? Ich war geneigt, das zu denken; denn sowie ich die Wirklichkeit der Sinnenwelt anzweifelte (und ich muß nicht eigens sagen, daß mein Wesen für solche Schimären anfällig war) oder sooft es in meinem Leben zu einem unvorhergesehenen und kaum glaublichen Ereignis kam, so zeigte sich mir unverzüglich in der Form eines Traums oder einer Erscheinung all das, was mein Verstand nicht hatte wahrhaben wollen. Der Tod meiner Mutter wurde mir also erst offenbart auf dem Weg über die Halluzination.

Ich empfand in dieser Minute den Schock, den man bei einer schlechten Nachricht erfährt. Das Grauen des Todes verfolgte mich also bis hierher, hinter diese halbfertigen Mauern, wo ich mich vor mir selber in Sicherheit glaubte. Um die Ängste zu bekämpfen, die ich wiederaufleben spürte, beeilte ich mich, auf andere Gedanken zu kommen, und weil die Idee der Wollust mir für einen solchen Fall als die mächtigste und wirkungsvollste erschien, formte ich in meinem Innern ebenso grelle wie lustvolle Bilder, die mich auch alsbald gefangennahmen. Ich gab meiner Begierde Züge, die ohne Unterlaß wechselten, im Rhythmus meines Gedächtnisses. Schließlich verhielt diese innere Sicht, deren Kraft mich von anderen Menschen unterscheidet, dieser scharfe und lüsterne Blick beim Gesicht Andrées, so wie es sich mir beim ersten Mal gezeigt hatte, das heißt, zu einem Zeitpunkt, da ich den Namen dieser

Frau noch nicht kannte. Danach trat, nicht so unmittelbar, nach und nach auch ihr Körper hervor. Jemand war bei ihr und nahm sie an der Hand: es war Remy.

Ich erhob mich, befangen in einer bedrückenden Traurigkeit. Mir scheint, um ein anderer zu werden als der ich war, hätte ich leichten Herzens mein Leben verkürzt. Warum kann man nicht manchmal sein Unglück tauschen gegen das seines Nachbarn? Gern hätte ich für eine kleine Unpäßlichkeit diesen Drang hingegeben, der mir die Seele vergiftete. Nur die Einförmigkeit eines Übels läßt es wahrhaft unerträglich werden. Wenn der Schmerz sich verlagert, genießt das Glied, welches nicht mehr leidet, sein Wohlbefinden, welche Qual auch in einem andern Teil dem Körper zusetzen mag; die Beständigkeit des Übels an ein und demselben Punkt jedoch ist die allerschwierigste Heimsuchung. Ich ertrug es nicht mehr, das Herz belastet zu fühlen von den immergleichen Zweifeln und Begierden. Es war etwas Unerträgliches an der Vorstellung, bis an mein Ende ich selber zu sein; denn mit der Schwarzseherei meines Alters betrachtete ich mein Wesen als ein Ganzes, dessen einzelne Teile sich nicht verändern konnten. Ich wußte noch nichts von der Gewalt des Lebens und den Entsagungen, die es uns abverlangen kann, von den Teiltoden, die es uns von Zeit zu Zeit auferlegt, ehe es sich vollends zurückzieht, und von jener allmählichen Reduzierung, welche man Altern nennt, sowohl in dem Schwächerwerden jeden Instinkts als auch in den vielfältigen Verzichten, durch die der nicht mehr junge Mensch der Komplize seines eigenen Todes wird.

Auf dem Rückweg zum Luxembourg kam mir mehrmals die Idee, nicht mehr zurück in die Wohnung zu gehen. Auf diese Weise hätte ich, zumindest für ein paar Stunden, die Illusion, frei zu sein. Doch wohin? Die Durchsuchung meiner Brieftasche brachte gerade zwei Fünf-Francs-Scheine zutage. Nachdem ich kurze Zeit in der Umgebung von Saint-Sulpice umhergeirrt war, entschloß ich mich endlich, heimzugehen. Es war gegen eins.

Mein Onkel döste in einem Fauteuil am Fuß des Totenbetts. Ich sah, wie er sich die Lider rieb und mit den langen, behaarten Händen übers Gesicht fuhr.

»Schon eins«, sagte er. »Du bist lange draußen gewesen. Ich habe die Zeit genutzt und einen Brief an den Notar geschrieben. Was die Todesanzeigen betrifft, so habe ich mir überlegt, daß es am einfachsten wäre, ein Zwei-Zeilen-Inserat in die Zeitung zu setzen.«

Ich schüttelte den Kopf. Welchen Sinn, welche Wirklichkeit hatten diese Sätze? Mein Blick verhielt auf dem wie verkrampften Gesicht der Toten; es war, als versuchte sie zu verstehen, was wir sagten.

»Meinst du, daß ich ihr ähnlich sehe?« fragte ich.

»Nicht sehr. Im übrigen bestand die Ähnlichkeit weniger in den Einzelheiten als im Ausdruck.«

»Nicht wahr, wenn man notgedrungen mit jemand zusammenlebt, bekommt man schließlich den gleichen Blick, die gleiche Haltung? War es vielleicht das?«

»Vor allem kam es daher, daß du ihr Sohn warst.«

Ich schwieg momentlang und fragte dann:

»Und mein Vater? Hast du zwischen uns beiden eine Ähnlichkeit gesehen?«

»Nicht die geringste.«

»Auch wir zwei, Onkel, ähneln einander nicht. Niemand käme auf die Idee, daß wir verwandt sind.«

»Mag sein.«

Von neuem betrachtete ich meine Mutter. Nicht die geringste Ähnlichkeit zwischen meinem Vater und mir. Welche Ahnung ließ mein Herz klopfen wie die Ankündigung einer guten Nachricht? Woher kam dieses seltsame Bedürfnis, alles, was mich mit andern verband, auszulöschen? War auch das etwas, was ich geerbt hatte? Indem ich keinem Menschen ähneln wollte, imitierte ich auch darin noch jemanden?

Mein Onkel sollte bei meiner Mutter wachen bis zum Morgen. Ich für meine Person ging in mein Zimmer und zog mich aus. Die Nacht war so heiß, daß die bloße Berührung eines Leintuchs mir unerträglich erschien. Als ich auf dem Bett lag, zögerte ich, das Licht auszuschalten. Wenig genügte, meine Freude wiederaufleben zu lassen: die Wärme der Handflächen auf den Beinen, das frische, starke, lebendige Blut in meinen Adern. Im letzten Jahr war ich kräftiger geworden. Auch ohne mich zu bewegen, fühlte ich das Gewicht meines Körpers auf der Matratze. An meinem Hals zuckte eine Ader. Und zugleich lag im Nebenzimmer, nur durch eine dünne Wand von mir getrennt, ein Körper wie der meine, und alles, was ich in meinem Körper beben und leben fühlte, erstarrte gerade in jenem dort, wo das namenlose Werk der Verwesung einsetzte. Das Leben konnte demnach jählings aufhören, das Blut stocken, die Lunge sich der Atemluft entleeren, ohne sich wieder zu füllen. Ich verstand nicht. In einer unwillkürlichen Bewegung der Abwehr kreuzte ich die Arme über dem Leib.

Gleich danach schaltete ich das Licht aus. Mein Onkel ging im Zimmer meiner Mutter auf und ab. Als er sah, daß bei mir kein Licht mehr war, kam er an meine Tür und sagte:

»Übrigens, Denis: du weißt ja, daß ich mich um die Wertpapiere deiner Mutter gekümmert habe. Es gab ein paar recht gute darunter. Ich rate dir, sie zu behalten, aber selbstverständlich werde ich tun, was du willst. Ich werde immer in deinem Interesse handeln, mein Kleiner.«

Er überlegte:

»Nach dem Abzug der Steuern werden dir an die zehntausend Francs bleiben.«

Auf diese Worte hin schwieg ich und schämte mich zugleich, meinem Onkel nicht antworten und das, was er gesagt hatte, auf intelligente Weise kommentieren zu können.

»Bis zu deiner Großjährigkeit werde ich dein Vormund sein.«

»Ja, Onkel.«

»Morgen reden wir über deine Zukunft.«

Auch auf diesen Satz, dessen Ton mir mißfiel, antwortete ich nicht. Die Vorstellung, ein praktisches Problem lösen zu sollen, beengte mir die Brust. Einige Augenblicke verstrichen, dann ließ mein Onkel einen Seufzer hören und wandte sich zur Tür. Sein Gesicht war beleuchtet, und ich sah, wie er den Kopf schüttelte, als wollte er sagen: Nein. Plötzlich drehte er sich wieder zu mir, die Hände in den Jackentaschen.

»Denis«, sagte er brüsk: »Du hast deine Familie

nie geliebt, weder deine eben gestorbene Mutter noch deinen unglückseligen Vater, nicht wahr?«

Ich blieb stumm.

»Es stimmt also. Ich habe vieles in dir erahnt, Denis. Du bist darauf aus, in einer Art moralischer Vereinzelung zu leben. Das ist sehr schlecht. Du schließt all jene aus, die dir nahkommen wollen. Was gewinnst du dabei? Es wird dich nicht glücklich machen, und man muß glücklich sein, man muß. Hast du etwas gegen mich?«

»Warum fragst du?«

»Weil du mich von dir fernhältst, so wie du jeden von dir fernhältst. Weißt du eigentlich, daß ich nur deinetwegen so selten gekommen bin? Ja, ich versichere dir, es ist sehr unangenehm, mit einem Burschen zu reden, der keine Lust hat, einen zu sehen. Gib zu, daß meine Besuche dir mißfallen haben.«

Er verstummte momentlang, sicher in Erwartung eines Protests, einer Bewegung: aber ich blieb still, abgestoßen von der Geschwätzigkeit dieses Mannes und seiner aufdringlichen Art, an mein Gefühl zu appellieren.

Plötzlich sagte er in einem heftigeren Ton:

»Rate mal, wer vorhin gekommen ist. Du errätst es nicht? Also, es war Claude.«

Unwillkürlich streckte ich den Arm aus nach dem Stuhl, auf den ich meine Jacke gelegt hatte.

»Claude ist in Paris?«

»Schon drei Wochen, seit seiner Entlassung vom Militär.«

»Und er hat uns nicht besucht?«

Mein Onkel deutete mit dem Kopf auf das Totenzimmer.

»Es war wegen deiner Mutter. Er hat sie nicht sehr gemocht.«

»Und mich?«

Warum hatte ich das gesagt? Ich versuchte sofort, meine Frage zurückzunehmen:

»Du hättest mir sagen sollen, daß er hier war, Onkel.«

»Ah, du möchtest wissen, warum ich es dir nicht gesagt habe?«

»Natürlich.«

»Er hat es mir verboten. Er hat gemeint, wenn du dich nie nach ihm erkundigt hast, dann hättest du auch kaum Lust, ihn zu sehen.«

»Aber ich wußte doch nicht, daß du mit ihm in Verbindung warst.«

»Hast du mit mir auch nur ein einziges Mal über ihn geredet? Und was bedeutet es für dich, ob er hier ist oder anderswo? Ich habe von Claude gesprochen, weil es für dich mindestens einen Anlaß geben wird, ihn wiederzusehen.«

»Wo wohnt er?«

»Das wirst du ihn selber fragen, mein Kleiner. Jetzt rate ich dir zu schlafen. Gute Nacht.«

Er trat zurück ins Zimmer meiner Mutter und schloß die Tür. Ich hörte, wie er den Sessel ans Fenster schob. Er richtete sich wohl für die Nacht ein. Ein paar Minuten später gab es keine Geräusche mehr im Haus. Auch die Straße war still. Ich wartete noch ein wenig; dann warf ich mit klopfendem Herzen die Decke zurück und stand auf. Die Erinnerung an ein Gefühl ist bei mir manchmal ebenso genau wie die an eine Geste oder ein Wort. Ich entsinne mich, daß die Empfindung, die mich nun ergriff, mir unerklärlich war. Es schien, als sei mein Leben bis zu diesem Tag nichts als ein langer und langsamer Aufstieg bis zu dieser Minute gewesen. All die Jahre, die noch kämen, wären geprägt von dem, was ich nun täte. Ich schaltete die kleine Lampe am Kopfende des Betts an, und indem ich um mich blickte, begann ich nachzudenken. Nichts hatte sich verändert in diesem Zimmer seit jenem längstvergangenen Tag, als ich es erstmals betreten hatte. Was ich im Augenblick war, das war ich geworden zwischen diesem Spiegel, diesem Tisch und diesem Bett. Welche Entdeckung fürchtete ich denn, daß meine Kehle derart zugeschnürt war? Ich steckte die Hand in die Tasche der Jacke auf dem Stuhl und entnahm ihr das Photo, das ich vorhin nicht hatte verbrennen wollen. Es zeigte Claude. Innerhalb einer Sekunde löste sich in mir alles jahrelange Zögern auf. Dann drückte ich voller Angst die Lippen auf das hochmütige Schmollgesicht, das vor meinen Augen zitterte.

An dieser Stelle könnte ich meine Erzählung schließen, ohne etwas Wesentliches weggelassen zu haben. Mit dieser Handlung, welche mich zugleich befreite und versklavte, ging ein Teil meines Lebens zu Ende. Ich hatte kein anderes Ziel gehabt als die Erkenntnis meiner selbst, und dieses Ziel hatte ich erreicht.

Das Begräbnis meiner Mutter war am übernächsten Tag. Ohne fromm zu sein, hatte sie doch nach außen hin immer dem Katholizismus angehangen, und so brachten wir sie zuerst in ihre Pfarrkirche. Seltsamerweise war ich es, der darauf bestand, daß an ihrer Bahre eine Messe gelesen wurde. In der Tat erinnerte ich mich ihrer Vorliebe für Trauerfeierlichkeiten – und ich wollte sie sozusagen dieser letzten Genugtuung nicht berauben. Jetzt, da sie gegangen war, empfand ich ein gewisses Bedauern, zu ihr so brüsk und kalt gewesen zu sein. Ohne an ein Weiterleben der Seele zu glauben, hoffte ich doch insgeheim, der Klang des *Dies irae* dringe an die

Ohren meiner Mutter durch die Dicke des Sargs und mache ihr Vergnügen.

Von all den Formen, mit denen der katholische Aberglauben ausgestattet ist, ist die Totenmesse zweifellos die gelungenste, und doch berührt sie mich kaum. Überdies träumte ich an jenem Morgen von ganz anderen Dingen als von schwarzen Draperien und den Eulenrufen eines Chorsängers. Man hatte meinem Onkel und mir Plätze zur Rechten des Leichnams zugewiesen. Ich stand auf, setzte mich, kniete sogar nieder, alles ganz mechanisch. Claude befand sich hinter mir. Ich hatte ihn noch gar nicht gesehen. Seit er vor einigen Stunden zu uns gekommen war, war es mir gelungen, ihm auszuweichen; ich hatte ihm nicht die Hand gegeben, ihn nicht einmal angeschaut. Die Begräbnisvorbereitungen erleichterten mir mein Vorgehen. Ich saß in einem Winkel auf einem Stuhl und täuschte einen stummen Schmerz vor, der mir jeden Überschwang ersparte. Bevor wir uns auf den Weg machten, berührte mein Onkel mich an der Schulter und fragte mich, ob ich Claude nichts zu sagen hätte. Mein Herz zog sich zusammen; ich wollte reden und brachte es nicht über mich. »Bonjour, Claude«, sagte ich endlich mit heiserer Stimme. Mein Cousin befand sich am anderen Ende des Zimmers. Ohne den Blick zu heben, sah ich seine braunen Hände, die an dem schwarzen Anzug herabhingen. Er antwortete nicht.

Jetzt, da ich das Ende der Zeremonie abwarten mußte und mich nicht mehr nach Claude umdrehen konnte, um ihm die Hand zu reichen, hatte ich Muße, mich über mich selbst zu befragen. Schwer zu erklären, warum ich mich so verhalten hatte, noch schwerer, sich ein anderes Benehmen vorzustellen. Vielleicht fühlte ich, welch tiefer Widerspruch bestand zwischen meinem Bild von Claude und unserer momentanen Lage. Der schwarze Anzug, den ich vorhin an ihm bemerkt hatte, entsprach ihm kaum, und ich wollte ihn nach vier Jahren nicht in einem Totenzimmer wiedersehen. Und zugleich erwachte in mir ein anderer Gedanke; ich schob ihn nach Kräften weg, doch er war stärker und kam immer wieder: ich wollte Claude nicht sehen, weil ich ihn fürchtete.

Derart widersprüchliche Gefühle werden nur diejenigen erstaunen, die niemals geliebt haben. Ich sah den Priester vor dem Altar kommen und gehen und wünschte, die Messe möge den ganzen Vormittag dauern. Der Augenblick, da Claude und ich miteinander sprächen, war nicht mehr fern, aber hätte mir jemand gesagt, dieser Augenblick käme nie und wir würden uns nicht mehr wiedersehen, ich wäre, so glaube ich, erleichtert gewesen. Er befand sich ganz nah bei mir. Was dachte er? Was dachte er von mir? Sicher meinte er wie mein Onkel, daß ich ihn nicht mochte und ihm aus dem Wege ging.

In meiner Verwirrung versuchte ich nicht einmal, den Worten des *Dies irae* zu folgen, doch jene Sprache, deren Schönheit mir vertraut war, wirkte auf mich, fast ohne daß ich mir dessen bewußt wurde. Obwohl kein Christ, war ich empfänglich für die Gesänge, welche die Existenz eines unsichtbaren Universums proklamierten. Vielleicht war das ganze Treiben um uns herum nichts als ein Traum, ein anderer Schlaf, der, statt uns die Lider zu schließen, uns mit offenen Augen träumen ließ. Und doch blieben in dieser Welt der Illusionen gewisse Dinge wahr. Weder die Worte der Menschen noch ihre Bücher besaßen Realität und höchstwahrscheinlich auch nichts von ihnen selbst, sondern das, was mich in diesem Augenblick vor Freude und Angst erschauern ließ: das war ebenso wahr und ebenso gewiß wie der Tod.

Ein- oder zweimal ließ ich meinen Hut fallen, und indem ich mich nach ihm bückte, neigte ich mich ein wenig zur Seite, um zu sehen, ob Claude noch da sei. Ich erkannte seine Füße, seine Beine, und richtete mich mit rotem Kopf auf. Was dachte er wohl von mir? Manchmal stellte ich mir vor, er sei mit einem sechsten Sinn begabt und kenne mich wie ich mich selber. Eine solche Vorstellung erfüllte mich mit Scham. Was hätte er zum Beispiel zu meinem Abenteuer mit Andrée gesagt? Ich sah mich wieder mit ihr hinten im Wagen, wie ich auf ihrem Gesicht die Spur der Küsse eines andern suchte. Im stillen haßte ich all das wie eine Beschmutzung und wünschte mir glühend den Tod, nicht jenen gewinnbringenden, an dem sich die Christen berauschen, sondern einen absoluten Tod, der mich von mir selber erlöste.

In diesen Überlegungen verlor ich mich und fuhr zusammen, als mein Onkel mir bedeutete, mich zu erheben. Als wir die Schwelle der Sakristei überschritten, merkte ich, daß Claude uns nicht folgte. »Wo ist er?« fragte ich. – »Ich weiß nicht«, flüsterte mein Onkel. »Vorhin machte er mir ein Zeichen, er könne nicht bleiben. Er wird wohl nicht mit auf den Friedhof gehen.« Und ein wenig später, hinter dem Leichenwagen, fügte er hinzu: »Daß du heute früh nicht mit ihm geredet hast, hat ihn gekränkt. Ich gebe dir seine Adresse. Du solltest ihn besuchen, nicht wahr?«

Ich schwieg auf dem ganzen Weg.

Selten, daß ich anders als impulsiv handle. Am folgenden Morgen, zur Stunde, da ich sonst zur Schule ging, klopfte ich an Claudes Tür. Die Bücher unter meinem Arm zeugten von meinem jähen Entschluß. In diesem Zug erkenne ich mich wieder: mein Wille muß tatsächlich erst überrumpelt werden, damit er mir gewährt, was ich von ihm mit Überlegung nicht zu verlangen wage. Claude bewohnte ein Zimmer in einem bescheidenen kleinen Hotel. Der Raum erschien in seiner Länge eng wie ein Flur, und das Licht erreichte kaum die Schwelle, auf der ich verharrte. Durch das offene Fenster sah ich die Kastanien des Boulevard Saint-Germain.

Inzwischen bereute ich meine Anwesenheit. Nichts von dem, was ich Claude hatte sagen wollen, kam mir mehr in den Sinn, und ich murmelte mein »Bonjour« mit einer derart leisen Stimme, daß er mich nicht hörte. Er stand mitten im Zimmer und betrachtete mich mit jener Bestimmtheit, die mir an ihm so vertraut war. Genauso hatte ich ihn früher gesehen – mit gespreizten Beinen und wirrem Haar –, wenn er sich vor mich hinpflanzte und mich spöttisch anblickte. Im Gegenlicht unterschied ich keine Einzelheit an ihm, doch in seinem Ausdruck fand ich das Freche und Stolze wieder, das mich seit der Kindheit zu ihm hingezogen hatte. Er war dabei, sich anzuziehen. Aus seinem offenen Hemd wölbte sich der glatte und volle Hals; die Arme, die ein wenig schweren Hände schauten aus flatternden Ärmeln hervor, und auf diese ganze sonnengebräunte

Haut warf das Licht bewegliche Reflexe, die ihr den Anschein von Metall gaben. Vielleicht bemerkte er meine kaum zu verheimlichende Verwirrung. Er näherte sich mir, und ich sah von neuem, erhellt von bleichen Augen, das feurige und ernste Gesicht, dem ich in meinen Jünglingsträumen dunkel auf der Spur gewesen war. In dieses armselige Zimmer, nah dieser Tür, an der ich mich festhielt, mündeten alle die Wege. Es war, als verschwände in diesem Moment jede Erinnerung an mein früheres Leben vor einem magischen Blick. Nichts blieb übrig von einer Vergangenheit der Unsicherheit und der Verzweiflung, weder meine ruhelosen Spaziergänge, noch Remys sinnlicher Mund, noch die unzulängliche Schönheit im Gesicht seiner Geliebten – nicht einmal die Erinnerung an den Claude, den ich einst gekannt hatte. Jetzt, im Glanzstrahl der Leidenschaft, fand ich mich in der Gegenwart eines Wesens, das ich noch nie gesehen hatte, und fühlte mich selbst als ein anderer. Mit Staunen entsann ich mich, wie wenig ich früher für ihn gefühlt hatte – aber konnte ein Blick wie der seine überhaupt Zuneigung wecken? Als er mich auf die Brückenbrüstung hob und meine Knöchel in seinen Händen zitterten, da mischte sich etwas wie Haß in meine Angst. Nun erst verstand ich Claude: er war einer von denen, die über die heftigen inneren Regungen gebieten, den Haß, die Begierde oder die erbarmungslose Liebe.

»Was willst du?« fragte er endlich.

Ich antwortete nicht. Er zuckte die Achseln.

»Wenn du mir nichts zu sagen hast – warum bist du gekommen? Ich hab's eilig.«

Diese Worte kamen in einem unversöhnlichen Ton, der mich aus der Fassung brachte. Trug er es mir denn so sehr nach, daß ich am Vortag nicht mit ihm geredet hatte? Er knöpfte sich das Hemd zu. Sein Blick wich mir jetzt aus.

»Gehst du weg, Claude?«

»Ja.«

Er nahm Jacke und Hut. Als er sich zur Tür wandte, hörte ich von neuem meine eigene Stimme, wie sie zu ihm sagte:

»Ich möchte dich wiedersehen.«

»Das wird sehr schwierig sein. Ich fahre übermorgen.«

»Wann kommst zu zurück?«

»Ich komme nicht zurück. Ich habe eine Stellung im Norden gefunden. Ich hoffe, dort bleiben zu können.«

In einem Anfall von Verzweiflung ergriff ich seine Hand.

»Claude, das ist doch nicht möglich.«

Er blickte mich kurz an, bevor er sprach.

»Was hast du?« sagte er.

Seine Hand löste sich nicht. Ich hielt sie in den meinen, warm und schwer, wie einen Schatz, der mir von einem Moment zum andern entrissen werden konnte.

»Ich möchte nicht, daß du gehst.«

Er lächelte. Vielleicht empfand er Mitleid.

»Möchtest du, daß wir uns vor meiner Abreise treffen? Morgen? So antworte doch.«

»Ja, morgen.«

Ich hätte nicht sagen können, ob es Freude oder der Schmerz war, was mir so zusetzte. Wirre Erinnerungen drückten mir aufs Herz. Wie immer in den Augenblicken eines tiefen Gefühls erwachte in mir ein ganzer Abschnitt meines Lebens.

»Ich möchte morgen etwas tun, Claude.«

»Du hast etwas vor?«

»Ja, ich möchte mit dir nach Chanteloup.«

»Nach Chanteloup! Du bist komisch. Das kann doch nur langweilig sein.«

»Ich möchte aber trotzdem.«

»Wenn es dir wirklich Freude macht . . .«

Eine kleine Zeit lang blieben wir stumm. Er stand vor mir, ohne Bewegung, und wartete vielleicht auf die Worte, die ich nicht auszusprechen wagte. Ein andrer an meiner Stelle hätte sich zweifellos nicht so verhalten – doch kennen wir denn immer den Grund all unserer Handlungen? In einer furchtbaren, schneidenden Traurigkeit ließ ich seine Hand los. Wir gingen.

In Chanteloup hatte es am Morgen geregnet. Am Fuß der Bäume war der Boden noch feucht, aber das Gras, von den Güssen niedergedrückt, trocknete in der Sonne und richtete sich allmählich wieder auf. Von überall her kam ein Geruch nach Erde und Blättern, welcher mich berauschte wie der Duft einer neuen Existenz. Es kümmerte mich kaum, daß der Tag darauf düster sein würde. Mein ganzes Leben bestand aus den paar Stunden jetzt. Zum ersten Mal, seit ich auf der Welt war, hatte ich den Eindruck, nicht mehr allein zu sein. Endlich war der Zauber, der mich in mich selber einschloß, gebrochen. Auf die Vergangenheit, auf meine Kindheit, die ich an jeder Wegkrümmung wiederfand, warf ich einen überraschten Blick, wie einer, der sich nicht mehr des Hauses erinnert, aus dem er kommt, der Straße, in der er wohnt. Indem ich meine Jugend bedachte, war mir, als sei in mir das Gedächtnis eines andern am Werk. Die jüngsten Ereignisse versetzten mich in ein tiefes Erstaunen, und ich erkannte mich nicht wieder in dem Verhalten, welches die Erinnerung mir vorstellte. Aber ein solcher Abstand von meiner Person gab mir eine größere Klarsicht. Ich begriff jetzt, welch obskures Spiel ich mit Remy und Andrée gespielt hatte. Von diesen beiden Zufallsbekannten zog es mich ohne mein Wissen zu dem, den ich zu hassen glaubte. Wenn Remy mir als ein tückischer und roher Bursche erschien, der mir geistig unterlegen war, so enthielten vielleicht gerade diese Fehler die Elemente der Bezauberung, die mich an ihn hätten binden können. Was Andrée betraf, so strahlte die ihr eigene Schönheit in meinen Augen weit weniger Glanz aus als die simple Tatsache, daß sie die Geliebte meines Rivalen gewesen war. Hatte ich jenes seltsame Abenteuer wirklich selber erlebt? Und welch abseitiges Gedankenspiel brachte mich gerade jetzt, da ich neben Claude herging, auf die Beschäftigung mit einer schwermütigen Vergangenheit? War ich denn verrückt, von anderen zu träumen, während ich ihm in ein paar Stunden vielleicht für immer Adieu sagen würde?

Er sagte nichts. Manchmal antwortete ein Lächeln dem Blick, den ich ihm zuwarf; aber ich ahnte den Zwiespalt, der ihn sein Schweigen bewahren ließ. Warum waren wir, wir beide, hier, auf einer Straße? Auf diese Frage, die er sich ohne Zweifel gestellt hatte, fürchtete ich seine mögliche Antwort; denn ich maße mir nicht an, einfach zu sein, und so schwankte ich zwischen der Angst, er könnte etwas von meiner Liebe ahnen, und dem heftigen

Drang, sie ihm zu bekennen. Auch war es mir eine unerträgliche Vorstellung, er könnte zufällig von meiner Geschichte mit Andrée und Remy erfahren, und zugleich hätte ich wer weiß was gegeben für den Mut, ihm alles zu erzählen! Was dachte er? Sein geheimnisvolles Gesicht verriet nichts und ließ alles möglich erscheinen. Ich wußte nur zu gut, daß der Augenblick vorbei war, wo wir miteinander hätten reden können. Es war jetzt zu spät, aber das war unwichtig, weil wir uns immerhin Seite an Seite auf einer Landstraße befanden und ich nur den Kopf zu wenden brauchte, um ihn zu sehen, mich ihm nur unmerklich zu nähern brauchte, damit meine Hand die seine streifte.

Genügte das aber? Als wir die Straße verließen, um einen Pfad durch einen Wald zu nehmen, dachte ich plötzlich: »Ich werde es ihm sagen. Es muß sein.« Dieser Vorsatz überwältigte mich derart, daß ich erschrak. Eine unbekannte Kraft schien meinen Willen zu unterwerfen und mich zum Aussprechen der Worte zu zwingen, die mir auf der Zunge brannten. Momentlang war ich gewiß, ich würde nachgeben, doch ein kurzer Blick auf meinen Begleiter brachte mich zur Besinnung. Er ging, die Hände tief in den Taschen und den Kopf ein wenig vorgeneigt, in Gedanken versunken, die er nicht aussprach. Sein gedrungenes und trotziges Profil hob sich ab von dem sonnenbeschienenen Laub; seine Nackenlinie hatte noch immer etwas kindlich Unschuldiges, und ich stellte mir flüchtig vor, er sei jünger als ich. Spräche ich und gäbe mich preis – was würde er sagen, was vor allem denken? Während er mir im einen Augenblick ganz arglos erschien, deuteten im nächsten seine Lippen ein halbes Lächeln an, das mich glauben ließ, er habe mich durchschaut, und ich fühlte mich vor Scham nahe an einer Ohnmacht.

»Es ist aus«, dachte ich. »Ich werde nicht sprechen.« Und doch war mir bewußt, diese Minute würde bis zu meinem Tod auf mir lasten. Vielleicht hatte Claude den Widerstreit erkannt, der mich entzweiriß, und sicher verachtete er meine Feigheit. Schweigend gingen wir durch den Wald, und ich achtete unwillkürlich auf den Gesang der Vögel und das Rauschen der Bäume – auf all die Laute, die dem Leben das Maß zu geben schienen. In einer unausgesprochenen Übereinkunft wandten wir uns den Höhen zu, von wo man einen so schönen und weiten Blick auf die Seine hat, und erkannten auch schon das Dach der Villa, die einst im Sommer unser Zuhause gewesen war.

Das Haus stand zu vermieten. Unter dem Vorwand, wir wollten es ansehen, ließen wir uns die Tür öffnen von einer alten, argwöhnischen Frau, die uns von Etage zu Etage und von Zimmer zu Zimmer begleitete. Dieser Besuch mußte Claude ziemlich seltsam, vielleicht sogar lächerlich vorkommen; zudem hatte ich, als wir an der Villa vorbeigingen, einen spontanen Einfall vorgetäuscht, während in Wirklichkeit unsere Reise allein dieses Ziel gehabt hatte. Wie auch immer – mein Cousin folgte uns wortlos. Er blickte hierhin und dorthin, jedoch ohne Neugier oder sichtliches Vergnügen, und traurig erkannte ich, wie verschieden wir waren. In ihm erweckte das Geräusch der Schritte auf den Bodenbrettern gar nichts, und bei dem Modergeruch, dem Geruch der großen Ferien, zog er eine Grimasse. Was mich betraf, so war ich in einem Spukhaus. Erstmals im Leben erstand die Vergangenheit auf eine Weise wieder, daß die Gegenwart nicht mehr existierte, und Trauer über das Verschwundene schlich sich in mich ein. An jeder Zimmertür kam mir jemand entgegen, jemand, den nur ich sah und der zwischen uns hindurchging. Ich erfuhr die Dunkelheit, welche keiner anderen glich, die von Stimmen erfüllte Stille.

Als die alte Frau versuchte, einen halb mit Efeu bewachsenen Fensterflügel zu öffnen, näherte ich mich meinem Cousin und flüsterte: »Erinnerst zu dich? Hier haben wir geschlafen.« – »Meinst du?« Was trieb mich, ihn zu fragen, ob er sich erinnerte? »Aber gewiß«, antwortete ich. »Schau doch, der

Alkoven . . .« Doch ich sagte das, ohne ihn überzeugen zu wollen. Auf einmal fühlte ich mich von neuem allein und verließ diesen Raum schneller als die andern.

Jetzt lagen wir ausgestreckt unter den Bäumen, am Saum eines kleinen Walds über der Seine. Wie früher hatte Claude sich von seiner Krawatte befreit und sie neben seine Jacke und seinen Hut geworfen. Bald merkte ich, daß er, die Hände unter dem Nacken gekreuzt, schlummerte. Durch die offenen Ärmel sah ich die langen Adern an seinen Armen, angeschwollen durch den Druck seines Kopfes. An seinem Hals pulste es wie an dem Hals der Schläfer, von denen ich einst geträumt hatte, und die Sonne, vor der er die Augen hatte schließen müssen, setzte seinem Gesicht eine Goldmaske auf. Die Lippen waren in einem leichten Lächeln geöffnet.

Geräuschlos kniete ich mich neben ihn und schaute ihn an. Dann beugte ich mich ein wenig vor und ließ meinen Schatten über seine Wangen und seinen Mund streifen, und diese geheimnisvolle Berührung erschien mir seltsamer als alles, wovon ich je geträumt hatte.

Ich erhob mich und ging ein paar Schritte um ihn herum, freilich im Abstand, um ihn nicht aufzuwekken; und dennoch beunruhigte mich dieser Schlaf, ohne daß ich hätte sagen können, warum, und ungeduldig wartete ich, daß er erwachte. Vielleicht ahnte ich eine jener Fallen, die das Geschick uns manchmal stellt, um uns auf die Probe zu stellen und sich in der Folge an jedem Tag unseres Lebens für unseren Irrtum zu rächen.

Verzagt entfernte ich mich. Schon begann ich zu leiden, wie ich späterhin leiden würde. Eine Zeitlang ging ich strikt geradeaus, und als ich mich endlich umdrehte, sah ich nichts als einen jungen, blauweiß gekleideten Menschen, welcher schlief, weil es so heiß war. Ich seufzte. Der Zauber wirkte nicht mehr.

Mit ein paar Schritten war ich in einem Obstgarten, dessen Hecke leicht zu überspringen war. In meiner Kindheit war ich oft hierhergekommen. Es gab da einen Apfelbaum, so alt, daß allein eine Stütze ihn am Fallen hinderte und zu leben zwang. Ich hielt einen Augenblick in seinem Schatten inne. Vögel, die bei meinem Nahen geflüchtet waren, kreisten über mir und schrien. Ich spürte einen kleinen Ast, den ich vom Boden aufgehoben hatte, rauh an meinem Handinnern. Zum ersten Mal dachte ich an meinen Tod als an etwas Wirkliches und Gewisses. Die laue, fächelnde Luft, die Sonne, der Schatten der Blätter auf meinen Händen, all das, so schien mir, sprach von nichts anderem; nur hatte ich es bis zu diesem Moment nicht begriffen. Ein Tag würde kommen, da mein Herz noch einen Schlag täte und dann zu leiden aufhörte. Dann würde der Wind für andere als mich, für andere junge Männer mit schwerem Herzen, durch die Bäume rauschen – heute aber hörte ich ohne Grauen oder Bedauern jene Stimme, der es eilte, mich zu belehren, und die mir im Licht eines Spätsommertages das Ende allen Lebens vorhersagte.